insel taschenbuch 2535

Sophokles

Philoktet

Der »Philoktet« ist die einzige sicher datierte Tragödie des Sophokles. Er brachte sie als 85jähriger auf den Dionysien des Jahres 409 zur Aufführung. Der wegen einer durch einen Schlangenbiß verursachten schwärenden Wunde auf einer Insel ausgesetzte Philoktet wird in das Heerlager vor Troja zurückgebracht, weil dies nach einem Orakelspruch die Bedingung für die Eroberung Trojas durch die Griechen ist.

»Auf der menschenleeren Insel wird sich jetzt ein brutales und realistisches Polit-Drama abspielen. Für alle, die die Methoden aus eigener oder fremder Erfahrung kennen, mit denen man politische Häftlinge fertigmacht, deren Namen oder Unterschrift ausgenutzt werden können, Lagerinsassen, deren Fähigkeiten plötzlich wieder gebraucht werden, Zwangs-Emigranten, die sich plötzlich dem Vaterland dienlich erweisen können, besitzt der sophokleische ›Philoktet‹ eine bittere und erstaunliche Aktualität.« (*J. Kott*)

Sophokles, 497/496 v. Chr. in Kolonos bei Athen geboren, ist 406/405 in Athen gestorben.

SOPHOKLES
PHILOKTET

Übertragen von Wolfgang Schadewaldt
Herausgegeben von Hellmut Flashar
Mit zahlreichen Abbildungen

INSEL VERLAG

insel taschenbuch 2535
Erste Auflage 1999

Hinweise zu dieser Ausgabe am Schluß des Bandes
Vertrieb durch den Suhrkamp Taschenbuch Verlag
Umschlag nach Entwürfen von Willy Fleckhaus
Satz: Hümmer GmbH, Waldbüttelbrunn
Druck: Nomos Verlagsgesellschaft, Baden-Baden
Printed in Germany

1 2 3 4 5 6 – 04 03 02 01 00 99

INHALT

PHILOKTET

ÜBERTRAGEN VON
WOLFGANG SCHADEWALDT

Personen

ODYSSEUS
NEOPTOLEMOS
PHILOKTET
GEFOLGSMANN des Neoptolemos, später in Gestalt eines Kauffahrers
HERAKLES
CHOR der Schiffsleute des Neoptolemos
GEFOLGSLEUTE des Odysseus

Die Handlung spielt auf der unbewohnten Insel Lemnos.
Die Tragödie wurde uraufgeführt zu Athen im Jahr 409 vor Christus.

Felsiges Gelände in der Nähe des Meeresstrands. Auf einer erhöhten Felsstufe der Eingang zu einer Höhle, die nach hinten, landeinwärts, eine zweite Öffnung hat. Nach rechtshin, ansteigend, ein ins Land führender Pfad. – Odysseus schleicht vorsichtig spähend heran. Hinter ihm Neoptolemos, von einem Gefolgsmann begleitet.

ODYSSEUS

Der Strand ist dies des ringsumflossnen Landes
Lemnos, von Menschen nicht betreten, nicht bewohnt.
Wo ich, du Sohn des Besten der Hellenen,
Sohn des Achilleus, Neoptolemos,
Einst habe ausgesetzt den Philoktet,
Den Melier, des Poias Sohn – auf den Befehl
Der Herrscher, so zu handeln, – da er troff
Von einer fressenden Krankheit an dem Fuß,
Als uns kein Weihguß und kein Räucheropfer
In Ruhe auszurichten möglich war.
Vielmehr hielt er mit wilden Unheilsrufen
Beständig nieder das gesamte Heer
Durch sein Geschrei und Stöhnen. Doch was red' ich?
Für lange Reden ist für uns jetzt nicht die Zeit,
Daß er nicht etwa merkt: ich sei gekommen,
Und ich den ganzen klugen Plan verschütte,
Mit dem ich ihn alsbald zu fangen denke. –
Doch ist es *deine* Sache nun, das Übrige
Mitzubesorgen und zu schauen, wo wohl hier
Ein Felsen ist mit einem Doppelmund,
So daß bei Kälte doppelt ist ein Platz,
Zu sitzen in der Sonne, und bei Hitze
Ein Lufthauch Schlaf schickt durch den beiderseits
Durchbrochnen Raum.
Ein wenig unterwärts magst du zur Linken,
Um draus zu trinken, eine Quelle sehn –

Falls sie noch fließt. Dort geh' hinein und gib
Mir stumm ein Zeichen, ob er da noch an
Dem gleichen Platze wohnt, ob anderswo,
Damit dann *du* das übrige des Planes
Erfährst und ich's erkläre, und gemeinsam
Die Sache von uns beiden dann in Gang kommt.

NEOPTOLEMOS

Ist einige Schritte weitergegangen.
Herrscher Odysseus!
Das Werk, von dem du sprichst, führt nicht weit weg.
Denn eine Höhle, wie du sie beschreibst, mein'
ich zu sehn.

ODYSSEUS

Nach oben oder unten zu? ich sehe nicht...

NEOPTOLEMOS

Dort in der Höh' und kein Geräusch von
eines Fußes Tritt.

ODYSSEUS

Sieh nach, ob er nicht drinnen liegt und schläft!

NEOPTOLEMOS

Ich sehe einen leeren Raum nur, ohne Menschen.

ODYSSEUS

Und keinen Hausrat drin, der wohnlich macht?

NEOPTOLEMOS

Gestampft von Blättern eine Streu, darauf zu ruhn.

ODYSSEUS

Und leer sonst alles und nichts andres unterm Dach?

NEOPTOLEMOS

Ein Trinknapf, ganz aus Holz, die Fertigung
Von einem ungeschickten Handwerksmann,
Und nahebei – da diese Feuersteine!

ODYSSEUS

Sein ›Reichtum‹ ist das, was du mir da nennst!

NEOPTOLEMOS

Der weiter unten nachgesehen hat, zurückschreckend.
I-uh! i-uh! Und da, da trocknen in der Wärme
Lumpen, durchtränkt mit Unrat von dem
schweren Leiden!

ODYSSEUS

Der Mann bewohnt den Platz, ja, es ist klar!
Und ist nicht weit entfernt hier irgendwo.
Wie sollte einer, der am Bein
Behindert ist von einem alten Schaden,
Weit weggehn? – Nein, er ist wohl zur
Nahrungsbeschaffung ausgegangen oder weiß
Hier irgendwo ein schmerzstillendes Kraut.
So schicke denn den Mann
auf den Begleiter weisend
auf Ausschau, daß mich jener
Nicht unversehens anfällt. Denn mich würde
Er lieber fassen als die Griechen allesamt!

NEOPTOLEMOS

Nun denn, er geht! – Der Pfad wird überwacht. –
Doch du sprich weiter, wenn du etwas wünschst!

ODYSSEUS

Sohn des Achilleus! Du mußt in der Sache,
Für die du herkamst, deine angestammte Art
Beweisen, und das nicht nur mit dem Leib.
Vielmehr, auch wenn du etwas Neues,
Dir bisher Unerhörtes hörst, auch dann
Mithelfen, denn als Helfer bist du hier.

NEOPTOLEMOS

Und was befiehlst du?

ODYSSEUS

Es muß sein, daß du
Die Seele dir des Philoktet mit Worten
Erstiehlst. Wenn er dich fragt, wer und woher

Du bist, so sagst du: des Achilleus Sohn.
Da braucht es kein Verhehlen! – Doch du fährst
Nach Hause, hast das Schiffsheer der Achaier
Verlassen, da du einen großen Groll
Gefaßt hast gegen sie, die dich mit Bitten
Von Haus herbeigeholt – denn einzig so
Hatten sie Aussicht, Troja zu erobern –
Und dich dann dennoch nicht für würdig hielten
Der Waffen des Achilleus: daß man sie
Dir gäbe, als du ankamst und
Rechtsgültig auf sie Anspruch machtest, nein!
Sie übergaben sie Odysseus – dabei magst
Von mir du sagen, soviel du nur willst:
Das Äußerste des Äußersten an Schlimmem.
Mit nichts von alledem tust du mir weh!
Doch tust du dieses nicht, so wirst du
Über die Griechen alle Kummer bringen.
Denn fällt sein Bogen nicht in unsere Hand,
Nie wirst du dann das Troerland zerstören. –
Jedoch warum nicht mir, wohl aber dir
Mit diesem Manne ein verläßlicher
Und sichrer Umgang möglich ist, das höre!
Du bist in See gegangen, niemandem
Durch Eid verpflichtet noch gezwungen,
Du warst auch bei der ersten Ausfahrt nicht dabei.
Ich kann von alle diesem nichts bestreiten.
So daß, bemerkt er mich und ist des Bogens mächtig,
Verloren bin ich, und auch dich
Vernichte ich durch meine Gegenwart. –
Nein! eben dies muß klug ersonnen werden,
Wie du zum Dieb der unbesiegten Waffen wirst. –
Ich weiß, mein Sohn, du bist von Wesensart
Nicht so beschaffen, solche argen Dinge
Zu reden und mit List ins Werk zu setzen.

Und doch – ein süßes Ding ist der Besitz
Des Siegs –: gewinn es über dich! Ein andermal
Erzeigen wir uns wieder als Gerechte.
Jetzt nur für eines Tages kurze Spanne der
Bedenkenlosigkeit ergib dich mir!
Später magst du dann für die künftige Zeit
Der rechtschaffenste aller Menschen heißen!

NEOPTOLEMOS

Reden, die mir bereits mit anzuhören
Wehtun, Sohn des Laërtes, gar ins Werk zu setzen,
Ist mir verhaßt. Ich bin nicht so geschaffen,
Irgend etwas mit übler List zu tun:
Weder ich selbst, noch er, so sagen sie,
Achilleus, der mich hat gezeugt, mein Vater.
Doch bin ich willens, mit Gewalt den Mann
Hinwegzuführen, und nicht mit Betrug.
Denn nicht wird er – mit einem Fuß nur! – uns,
So viele! mit Gewalt bezwingen können.
Zwar möchte ich nicht, wo ich ausgesandt bin,
Um dir zu helfen, ein Verräter heißen.
Doch lieber will ich, Herr, recht handeln und
Mein Ziel verfehlen, statt auf schlimme Art
zu siegen.

ODYSSEUS

Des edlen Vaters Sohn!
Ich selber auch war einst als junger Mensch
Träg mit der Zunge und rasch mit dem Arm.
Doch heute, wo ich zur Erprobung fortgeschritten,
So sehe ich, wie bei den Sterblichen
Die Zunge alles lenkt und nicht die Taten.

NEOPTOLEMOS

Doch was befiehlst du andres mir, als daß ich lüge?

ODYSSEUS

Ich sag, mit List mußt du den Philoktetes fangen.

NEOPTOLEMOS
Warum mit List ihn bringen statt mit Überredung?

ODYSSEUS
Er hört niemals! und mit Gewalt fängst du ihn nicht.

NEOPTOLEMOS
Besitzt er ein so mächtiges Vertrauen
Auf seine Stärke?

ODYSSEUS
Er hat die Pfeile,
Die unentrinnbaren, todbringenden!

NEOPTOLEMOS
Nicht einmal nähern kann man sich ihm zuversichtlich?

ODYSSEUS
Nein, nur mit List ihn fangend, wie ich sage.

NEOPTOLEMOS
Und findest du es denn nicht schändlich: Lügen reden?

ODYSSEUS
Nicht, wenn die Lüge wohl die Rettung bringt!

NEOPTOLEMOS
Wie kann man dann noch jemand in die Augen blicken?

ODYSSEUS
Da, wo dein Tun Gewinn verspricht, darfst du nicht zögern.

NEOPTOLEMOS
Welch ein Gewinn für mich, daß er nach Troja kommt?

ODYSSEUS
Zu Fall bringt Troja dieser Bogen ganz allein!

NEOPTOLEMOS
So wäre der Eroberer von Troja –
So wie doch ihr gesagt habt – denn nicht *ich*?

ODYSSEUS
Du nicht ohne den Bogen, noch er ohne dich.

NEOPTOLEMOS

nach einigem Nachdenken, zögernd

Dann müßte man ihn wohl erbeuten, wenn es so steht!

ODYSSEUS

eifrig nachstoßend

Und tust du es, so bringt es dir zwei Gaben ein...

NEOPTOLEMOS

Welche? wenn ich es weiß, so mag es sein,
Ich weigre mich nicht länger, es zu tun.

ODYSSEUS

Klug wirst du und zugleich auch tapfer heißen!

NEOPTOLEMOS

So gehe es denn hin! –
Ich tue es und setze alle Scheu beiseite! –

ODYSSEUS

Denkst du an das auch, was ich dir geraten?

NEOPTOLEMOS

Gewiß! nachdem ich einmal zugestimmt!

ODYSSEUS

So bleibe du denn und erwart' ihn hier!
Ich gehe fort – daß man nicht etwa mich
Mit dir zusammen hier erblickt –
Und sende auch den Späher auf das Schiff zurück.
Und wenn es mir so scheint, als brauchtet ihr
Zu lange Zeit, so will ich diesen Mann,
Den gleichen, hierher senden abermals,
Nachdem ich ihm mit eines Kaufmanns Tracht
Täuschend verändert habe die Gestalt,
Daß er unkenntlich ist, wenn er hierher kommt.
Wenn er dann also bunt daher spricht, Kind!
Entnimm daraus das Zweckdienliche je der Reden! –
Ich geh' zum Schiff und überlasse dir hier dieses.
Und möge Hermes, er, der listige Geleiter,
Uns Führer sein und sie, die Geberin

Des Siegs: Athene, die mein Heil ist stets.
Odysseus geht

PARODOS

Einzug des Chores: die Schiffsmannschaft des Neoptolemos.

CHOR

Was soll, was soll ich, Herr, ein Fremder in der Fremde,
Verbergen oder was sagen zu
Dem Mann, dem argwöhnischen? Sage es mir!
Denn es ragt hervor vor anderem Können
Das Können und die Einsicht dessen,
In dessen Hand das göttliche,
Das Zepter des Zeus, die Herrschaft übt.
Auf dich, Kind! ist all diese Gewalt
Gekommen von ur-alters her.
Darum sage mir an –
Worin soll ich dir dienen?

NEOPTOLEMOS

Für jetzt – denn du willst vielleicht am Strand
Ansehen den Platz, wo sein Lager ist –
Schau getrost dich um. Doch kehrt er zurück,
Der furchtbare Wanderer, der hier wohnt,
So seid mir zur Hand jeweils und sucht,
Mir der Lage nach zu dienen.

CHOR

Die Sorge, die längst meine Sorge ist,
Du nennst sie mir, Herr: daß mein Auge wache
Am meisten dir zum Guten.
Doch sage mir jetzt,
Welche Räume er als Sitz bewohnt
Und wo er seinen Platz hat.
Denn daß ich es höre, nicht unzeitig ist's,
Daß er mich nicht anfällt unvermerkt
Von irgendwo.

Wo sein Ort? Wo sein Sitz? Wo hat er den Pfad?
Im Innern oder da draußen?

NEOPTOLEMOS

Sein Haus siehst du dort mit den Toren
Auf beiden Seiten: sein Lager im Fels.

CHOR

Und wohin ist er, der Unglückliche, selbst?

NEOPTOLEMOS

Ich bin es gewiß: da er Nahrung braucht,
Zieht er hin auf der Jagd in der Nähe.
Denn dieses ist des Lebens Art,
Sagt man, das er führt: daß er Tiere schießt
Mit gefiederten Pfeilen,
Der Mühselige, mühsam,
Und daß keiner sich zu ihm gesellt
Als ein Heiler seiner Übel.

CHOR

Er jammert mich, der Mann! wie er
Niemanden hat, der für ihn sorgt,
Und kein mit ihm lebendes Auge,
Der Unglückliche, und immer allein
Krankt an der wilden Krankheit,
Und ratlos ist bei allem, was je
Neu an Bedürfnis ihm ersteht.
Wie hält er nur, der Unselige,
Wie hält er stand? O ihr Hände der Götter!
O ihr unglückseligen Geschlechter
Der Sterblichen,
Deren Leben das Maß überschreitet!
Dieser Mann, der aus hochgebornen
Häusern wohl keinem nachsteht,
Von allem beraubt im Leben
Liegt einsam er da, entfernt von andern,
Unter buntgescheckten und zottigem

Getier, in Schmerzen zugleich und Hunger,
Erbärmlich, und ist mit unheilbaren
Schweren Sorgen behaftet.
Und die geschwätzige nur, die Nymphe
Echo, von fernher hallend,
Gibt Bescheid seinem bitteren Wehgeschrei.

NEOPTOLEMOS

Nichts ist mir daran verwunderlich.
Denn von Göttern her –
Wenn ich denn einige Einsicht hab' –
Ist über ihn auch jenes Leid
Gekommen: von Chryse, der Nymphe her,
Der wildgesonnenen, die ihn geliebt,
Von ihm verschmäht, ihn verfluchte.
Auch was jetzt er leidet, von Pflegern fern,
Gewiß, es lag einem der Götter daran,
Daß er nicht früher auf Troja, der Mann,
Die unbezwinglichen Pfeile
Der Götter spanne, ehe die Zeit
Heraufkam, in der, wie man sagt, der Stadt
Durch diese zu fallen bestimmt sei.

Man hört einen fernen Schmerzensschrei.

CHOR

Einzelne

Still! Sohn!

NEOPTOLEMOS

Was ist?

CHOR

Es erklang ein Laut,
Wie er eigen ist einem gepeinigten Mann.
Dort war es wohl – oder war es dort?

In der Ferne wieder ein Schmerzensschrei, nun deutlicher.

Ja wirklich, es schlägt, es schlägt mir ins Ohr

Die Stimme von einem, der unter dem Zwang
Der Notwendigkeit sich heranschleppt den Pfad,
Und nicht bleibt mir verborgen der Schrei,
Von fernher kommend, der schwere
Eines Mannes in Qual: ganz deutlich tönt's.
Doch fasse, Sohn...

NEOPTOLEMOS

Sage, was?

CHOR

Neuen Rat.
Denn nicht weit weg, schon am Ort ist der Mann,
Nicht begleitet von dem Ton der Schalmei
Wie ein Hirte auf der Weide im Feld,
Nein, strauchelnd in dem Zwang der Not,
Stößt er weithallenden Wehruf aus.
Oder auch, wenn er blickt auf den Ankerplatz,
Der nie ein Schiff beherbergt,
Entsetzlich schreit laut er auf!
Auf der Höhe erscheint, sich deutlich abhebend, die wild verwahrloste Gestalt des Philoktet, den Bogen in der Hand. Bei seinem Anblick wenden sich alle ab, entsetzt.

PHILOKTET

I-o! Fremde!
Wer seid ihr und aus welchem Lande, daß
Ihr angesteuert habt hier diese Erde,
Die weder gut zum Landen, noch bewohnt?
Als Menschen welchen Landes, welchen Stamms
Red' ich euch richtig an? Von Hellas ist,
Dem mir geliebtesten, die Art der Tracht.
Die Sprache aber will ich hören, und
Schreckt nicht in Scheu voll Furcht vor mir zurück,
Weil ich verwildert bin, sondern erbarmt
Euch des unsel'gen Manns, des Einsamen,
Derart Verlassenen, Freundlosen und

Mißhandelten! Sprecht! wenn ihr denn
Als Freunde seid gekommen! –
Antwortet doch! Es ist nicht recht, daß mir
Von euch dies vorenthalten wird, noch euch von mir!

NEOPTOLEMOS
sich fassend
Nun, Fremder, wisse dies zuerst, daß wir
Hellenen sind, denn dies willst du erfahren.

PHILOKTET
O liebster Laut! Ach! eines solchen Mannes
Anrede hören nach so langer Zeit!
Wer hat dich, Kind, hierher gelenkt, welch eine Not
Hierher getrieben, welch ein Unternehmen?
Welcher der Winde liebster? Sage mir
All dies, daß ich erfahre, wer du bist.

NEOPTOLEMOS
Ich stamme von der rings umflossenen Skyros
Und fahre heimwärts, und ich nenne mich
Sohn des Achilleus: Neoptolemos. So weißt du alles.

PHILOKTET
O Sohn des liebsten Vaters! O des lieben Landes.
O Pflegesohn des alten Lykomed: auf welcher Fahrt
Liefst du dies Land an? Woher segelst du?

NEOPTOLEMOS
Von Ilion her bin ich jetzt auf der Fahrt.

PHILOKTET
Was sagst du da? Du warst doch nicht an Bord
Mit uns zu Anfang bei dem Zug nach Troja?

NEOPTOLEMOS
Nahmst denn auch du an dieser Mühsal teil?

PHILOKTET
Kind, weißt du denn nicht, wen du vor dir siehst?

NEOPTOLEMOS
Wie soll ich einen kennen, den ich nie gesehn?

PHILOKTET

Auch meinen Namen, auch die Kunde meiner Übel
Vernahmst du nie, die mein Verderben wurden?

NEOPTOLEMOS

Nichts weiß ich, glaub mir, von all dem, wonach du fragst!

PHILOKTET

O Vielgeplagter ich! O ich, verhaßt den Göttern!
Von dem kein Wort, daß so es um ihn steht,
Nach Hause oder sonst nach Hellas ist gedrungen!
Nein, die mich ruchlos ausgesetzt, sie wahren Schweigen
Und lachen, während meine Krankheit mir
Beständig blüht und groß und größer wird,
O Kind, Sohn eines Vaters wie Achilleus!
Ich, dieser hier! bin dir der Mann, von dem
Vielleicht du hörtest als dem Herrn der Waffen
Des Herakles: der Sohn des Poias, Philoktet –
Den die zwei Heeresfürsten und Odysseus,
Der Herr der Kephallenen, schändlich haben
Hinausgestoßen, so allein hinsiechend
An wilder Krankheit, nachdem ihn geschlagen
Der mörderischen Natter wilder Biß.
Mit dieser Plage haben jene Männer
Mich, Sohn, allein hier ausgesetzt und sind
Davongefahren, als sie von der Insel Chryse
Hier angelaufen waren mit dem Zug der Schiffe.
Da, hoch erfreut, wie sie mich schlafen sahen,
Ermüdet von dem vielen Wogengang
Am Strand, im Schutz eines gewölbten Felsens,
Ließen sie mich zurück und fuhren ab,
Nachdem sie – gut genug für den Elenden! –
Mir ein paar Lumpen hingelegt und auch
An Speise eine kleine Hilfe – so

Wie solches ihnen einmal selber werden möge! –
Was meinst du, Kind, welch ein Erwachen
Das für mich war, als sie gegangen waren
Und ich vom Schlaf aufstand an jenem Tag?
Wie ich in Tränen ausbrach, welche Übel ich
Bejammerte: zu seh'n, wie meine Schiffe,
mit denen ich war ausgefahren, alle
Fort waren und kein Mensch am Orte, keiner, der
Mir helfen, keiner, der dem Leidenden
Handreichung für die Krankheit leisten konnte!
Und in die Runde blickend, fand ich nichts,
Was mich umgab, als Ungemach –
Doch davon eine reiche Fülle, Kind!
So ging dahin mir Zeit um Zeit, und unter
Dem schmalen Dach hier mußte ich allein
Mich selbst bedienen. Was dem Magen nötig war,
Verschaffte mir hier dieser Bogen, der die Tauben
Im Fluge trifft. Doch mußte ich nach dem,
Was, von der Sehne abgeschnellt, der Pfeil
Mir traf, selbst hinkriechen, ich Armer,
Den unglückselgen Fuß hinschleppend zu dem Fang.
Und war es nötig, einen Trank zu holen,
Oder, wenn Frost gefallen war, im Winter
Ein wenig Holz zu brechen, mußte ich,
der Arme, kriechend dies zustande bringen.
Sodann war da kein Feuer, sondern,
Den Stein an Steinen reibend, brachte ich
Zum Vorschein kaum das eingeschlossne Licht,
Das immer wieder mich am Leben hält.
Denn über meinem Haupt das Dach, dazu das Feuer
Schaffen mir alles – nur nicht dies: nicht krank
zu sein! –
Nun, Sohn, so höre jetzt auch von der Insel.
Ihr nähert sich kein Schiff aus freien Stücken,

Kein Platz zum Ankern ist hier, noch ein Ort,
Wohin man fährt, um Handel mit Gewinn
zu treiben oder Gastlichkeit zu finden.
Ein kluger Mann macht hier keine Fahrten!
Vielleicht mag einer landen ungewollt, denn oft
Geschieht dergleichen wohl im langen Lauf
des Lebens.
Doch solche Leute, wenn sie kommen, Kind, bedauern
Mich zwar mit Worten, geben mir wohl auch
Ein wenig Speise, mitleidig, oder ein Kleid.
Doch das will keiner – wenn ich es erwähne –
Nach Haus mich retten. Nein, ich geh' zugrunde,
Ich Armer, nun schon dieses zehnte Jahr in Hunger
Und Elend die gefräßige Krankheit nährend. –
Dergleichen haben die Atriden, hat der Herr Odysseus
Mir angetan, mein Sohn! – wie solches ihnen
Die Götter im Olympos einmal selbst
Zu leiden geben mögen zum Entgelt für mich!

CHOR

Gewiß, auch ich beklage dich so wie die Fremden,
Die schon hierher gelangt sind, Sohn des Poias!

NEOPTOLEMOS

Ich aber kann auch selber diese deine Reden
Bezeugen! Daß sie wahr sind, weiß ich, da
Auch ich es mit der Schlechtigkeit der Atreus-Söhne
Wie des Odysseus selbst zu tun bekam.

PHILOKTET

So hast auch du den ganz Verderbten,
Den Atreus-Söhnen etwas vorzuwerfen,
So daß du zürnst, da du's am eigenen Leib erfuhrst?

NEOPTOLEMOS

Mög' mir vergönnt sein einst, den Zorn mit
meiner Hand
Zu stillen! daß Mykenai dann und Sparta

Erkennen sollten, wie auch Skyros,
Die Insel, Mutter tapferer Männer ist!

PHILOKTET

Recht, Sohn! – Was hast du ihnen vorzuwerfen,
Daß du in solchen großen Zorn gekommen bist?

NEOPTOLEMOS

O Sohn des Poias! Ich will sprechen – aber nur
Mit Mühe sprech ich's aus, wie ich von ihnen,
Als ich ankam, schandbar behandelt wurde. –
Als das Geschick des Todes den Achill erfaßte...

PHILOKTET

O mir! sprich mir nicht weiter, eh' ich *das* zuerst
Gehört hab': tot, wahrhaftig, ist des Peleus Sohn?

NEOPTOLEMOS

Tot ist er, doch durch keinen Mann: durch einen Gott!
Vom Bogen, sagen sie, bezwungen des Apoll.

PHILOKTET

Ein Edler war, der ihn erschlug, wie der Erschlagene.
Doch weiß ich nicht, mein Sohn: soll ich zuerst,
Was *dir* geschah, erfahren, oder ihn beklagen?

NEOPTOLEMOS

Genug hast du, denk' ich, in deinen Leiden,
Armer! als daß du noch um andere klagen müßtest!

PHILOKTET

Ja, du hast recht! – So komme denn noch einmal
Zurück auf das, was sie dir angetan.

NEOPTOLEMOS

In festlichem, geschmücktem Schiffe kamen,
Der hochedle Odysseus, mich zu holen,
Und Phoinix, der Erzieher meines Vaters,
Und sagten – war es nun die Wahrheit, war's erfunden –:
Bestimmung sei es, daß, nachdem mein Vater starb,
Kein anderer Troja nehmen sollte als nur ich.
Indem sie so dies dargestellt, erreichten sie

Fremder! daß ich nicht lange zögerte,
Eilends zu Schiff zu gehn, am meisten in der Sehnsucht
Nach meinem toten Vater: daß ich ihn
Noch unbestattet sähe. Denn ich hatte
Ihn nie gesehn. Und dazu kam dann noch
Das schöne Wort, daß, wenn ich ginge, ich die Burg,
Die Troja deckt, erobern würde. –
Es war der zweite Tag nun meiner Fahrt,
Als ich das Kap Sigeion, das unselige,
Anlief mit Ruderarbeit unter günstgem Wind.
Und alsbald, als ich ausgestiegen war,
Bot mir den Willkomm rings im Kreis das ganze Heer.
Sie schwuren, daß sie ihn, der nicht mehr war,
Leibhaftig, den Achilleus, wiedersähen.
Nun, er lag da. Doch ich, nachdem ich ihn
Beweint, ich Unglückseliger, ging kurz darauf
Zu den Atriden – Freunden, wie ich meinte! –
Und forderte die Waffen meines Vaters
Und alles, was ihm sonst zu eigen war.
Sie aber sprachen – mir! – das schandbare Wort:
›Sohn des Achilleus! Alles andre steht dir frei
Zu nehmen von dem väterlichen Gut.
Doch jene Waffen hat ein andrer Mann
Nun in Besitz: Odysseus, des Laërtes Sohn.‹
Und ich brech' aus in Tränen und steh' auf sofort
In schwerem Zorn und sag' in meinem Schmerz:
›Ihr Frechen! wie? Ihr habt gewagt, die Waffen,
Die *mir* gehören, irgend einem
Statt mir zu geben, eh ihr mich gefragt?‹
Da aber sprach Odysseus – er stand dicht dabei –:
›Jawohl, mein Knabe! und mit Recht gab man sie mir:
Denn ich, ich habe sie gerettet, wie
Auch seinen Leichnam, denn ich war dabei!‹
Und ich, im Zorn, fuhr drein alsbald mit allen

Verwünschungen und ließ nichts aus, falls mir
Entreißen sollte meine Waffen jener Mann.
Er, an dem Punkte, obwohl sonst nicht leicht erzürnt,
Gebissen durch das, was er hörte, gab zur Antwort:
›*Du* standest dort nicht, wo *wir* standen, nein!
Warst fern, wo du es nicht gesollt! Und diese Waffen –
Da du nun auch noch redest frechen Munds –:
Niemals wirst du mit ihnen heim nach Skyros fahren!‹ –
Da solches ich gehört und ward geschmäht
aufs Schlimmste,
Fahr ich nach Hause, meines Eigentums beraubt
Von diesem Schurkigsten und Sohn von Schurken:
Odysseus! Und doch geb ich ihm die Schuld
Nicht so wie denen an der Spitze. Eine Stadt
Hängt ganz ab von den Lenkern, und so auch ein Heer.
Und können Menschen sich in keine Ordnung fügen:
Verdorben sind sie durch das Wort der Lehrer. –
Gesagt ist alles. – Doch wer die Atriden haßt,
Er sei, wie mir, so auch den Göttern lieb!

CHOR

Göttin der Berge, allnährende Erde,
Mutter selbst des Zeus,
Die an dem großen Paktolos-Strom,
Dem goldführenden, du wohnst:
Schon dort, Mutter, Herrin, rief ich dich,
Als gegen diesen Mann
Der Atreus-Söhne ganze Frechheit ging,
Als sie das väterliche Rüstzeug übergaben –
I-o! du selige auf dem Gespann
Von stierschlagenden Löwen!
Dem Sohn des Laërtes: jenen höchsten Glanz!

PHILOKTET

Es scheint, mit einer sicheren Beglaubigung:
Der eures Kummers, seid ihr bei mir angekommen

Ihr Fremde, und ihr stimmt mir zu, daß man erkennt:
Ja, das ist der Atriden, ist Odysseus' Werk!
Ich weiß es wohl; er rührt mit seiner Zunge
An jede schlechte Sache, jede Schurkerei,
Mit der er niemals auf das Ende hin
Etwas, das redlich wäre, schaffen kann.
Doch *das* nimmt mich nicht wunder: aber daß
Aias dabeistand und dies sah und duldete?

NEOPTOLEMOS
Er war nicht mehr am Leben, Fremder! Wäre er's
Gewesen: niemals hätte man mich so beraubt!

PHILOKTET
Wie sagst du? Auch Aias ging dahin im Tod?

NEOPTOLEMOS
Er ist nicht mehr am Lichte, glaube mir!

PHILOKTET
O mir! Ich Armer! Doch des Tydeus' Sohn
Und er, untergeschoben dem Laërtes,
Der Sohn des Sisyphos: Odysseus –
Die sind nicht tot! und sollten doch nicht leben!

NEOPTOLEMOS
Die nicht, da sei gewiß! Nein, die stehen groß
In Blüte jetzt im Heere der Achaier!

PHILOKTET
Doch wie? der Alte, Wackere, er, mein Freund:
Nestor von Pylos – lebt er noch? Er pflegte
Die üblen Machenschaften dieser Männer
Zu hindern oft durch seinen klugen Rat.

NEOPTOLEMOS
Schlimm steht es jetzt um ihn. Denn durch den Tod
Ward ihm der Sohn Antilochos entrissen,
der ihm beistand.

PHILOKTET
O mir! zwei Männer hast du da genannt,

Von denen ich am wenigsten zu hören
Gewünscht, daß sie zugrunde gingen!
Weh! weh! worauf soll man noch blicken!
Wenn diese tot sind, aber wiederum Odysseus lebt,
Wo es von ihm vielmehr statt von den beiden
Doch heißen sollte, er sei kalt und tot.

NEOPTOLEMOS

Ein schlauer Ringer ist der Mann! Doch auch die schlauen
Anschläge kommen, Philoktet! gar oft zu Fall.

PHILOKTET

So sage mir denn, bei den Göttern: wo war damals
Patroklos, deines Vaters liebster Freund?

NEOPTOLEMOS

Tot auch der! und so sage ich mit kurzem Wort
Dir dies: nicht nimmt der Krieg mit Vorliebe
Den schlechten Mann hinweg – stets nur die Tüchtigen.

PHILOKTET

Auch ich kann dir's bezeugen! eben darum
Frage ich dich nach einem Mann, nichts wert,
Doch zungenfertig und gewitzt: was macht er jetzt?

NEOPTOLEMOS

Von wem sonst außer von Odysseus sprichst du?

PHILOKTET

Den mein' ich nicht! doch war da ein Thersites,
Der es doch nie vorzog, sich kurz zu fassen,
Wo keiner ihn mehr hören wollte. – Weißt du,
Ob dieser Mann wohl noch am Leben ist?

NEOPTOLEMOS

Ich sah ihn nicht, doch hörte ich, daß er noch lebt.

PHILOKTET

Wie zu erwarten! Denn das Schlechte geht
Niemals zugrunde, nein, die Götter heben
Und pflegen es mit Sorgfalt, und sie haben

Irgendwie ihre Freude dran,
Das Schurkige und Abgefeimte wieder
Zurückzuwenden aus dem Totenreich;
Das aber, was gerecht und redlich ist,
Das – ein für allemal –: das schicken sie hinweg.
Wie soll man dies beurteilen? und wie es loben?
Wenn ich, bereit das Göttliche zu preisen,
Dann finden muß: die Götter, sie sind schlecht!

NEOPTOLEMOS

Nun, ich, du Sohn des Poias, Philoktet,
Werde von nun an auf der Hut sein und
Die Burg von Ilion und die Atriden
In Zukunft nur von weitem sehn. Und wo
Der Minderwertige höher geachtet
Wird als der Tüchtige, und wo das Redliche
Zugrunde geht und der Gerissene obenauf ist –
Mit solchen Männern werde ich mich nie
Einlassen jemals, nein, das felsige
Skyros soll künftig mir genug sein, daß
Ich meines eignen Hauses mich erfreue. –
Jetzt werde ich zum Schiff gehn! Und du, Philoktet,
Leb' wohl aufs beste, lebe wohl! und mögen
Die Götter dich erstehen lassen aus der Krankheit,
So wie du selbst es willst. Wir wollen gehn,
Daß in dem Augenblick, wo uns der Gott
Freigibt die Fahrt, wir auslaufen alsbald.

PHILOKTET

Ihr brecht schon auf, Kind?

NEOPTOLEMOS

Ja, der Augenblick
Ruft danach, daß wir besser nicht von weitem
Die Fahrt abpassen, als unten am Schiff.

PHILOKTET

Bei deinem Vater, deiner Mutter, Kind,

Und was dir sonst im Hause lieb sein mag,
Schutzflehend komme ich zu dir: laß' mich
So einsam nicht, nicht so allein in diesen Übeln,
In denen ich – solchen, wie du sie siehst,
So vielen, wie du von mir hörtest! – leben muß.
Als nebensächlich nur betrachte mich! Ich weiß,
Viel Ungemach bedeutet solche Fracht.
Nimm's dennoch auf dich! Für den Hochgesinnten
Ist Niedrigkeit verhaßt und Rechttun rühmlich.
Versäumst du es, bringt es dir böse Schmach,
Tust du es, Sohn, so wird ein guter Ruf
Dir reichste Ehre bringen, wenn
Ich lebend in das Land am Öta komme.
Drum komm! – die Plage dauert keinen ganzen Tag! –
Nimm's auf dich: wirf mich hin, wohin du willst,
Sei's in den Kielraum, an den Bug, ans Heck,
Wo ich am wenigsten euch andern lästig falle.
Sag ja! beim Zeus, dem Gott der Schutzsuchenden, Kind,
Laß dich bewegen! Dir zu Füßen falle ich,
Bin ich auch ohne Kraft, ich Elender, und lahm.
Nein, laß mich nicht so einsam hier zurück,
So weit weg von der Menschen Pfad! Nein, rette
Hinaus mich, ob du in dein Haus mich führst,
Ob nach dem Sitz des Chalkodon, Euboia.
Von dort ist es zum Öta keine lange Fahrt,
Zum Bergrücken von Trachis und dem strömenden
Spercheios, daß du mich dort meinem Vater zeigst,
Um den mir schon seit langem bangt, ob er
Mir nicht dahingegangen ist. Denn oft
Hab' ich mit flehentlichen Bitten ihm
Durch solche, die hier anliefen, ausrichten lassen,
Selber ein Schiff zu rüsten und mich heimzuretten.
Doch entweder ist er gestorben oder

Die Boten-Sippschaft, denke ich, hat meine Sache –
Versteht sich! – für nicht gar so wichtig
Gehalten und ist eilends heimgefahren. –
Doch jetzt – denn zu dir komme ich als einem,
Der mir Geleit kann geben und der selbst mir Bote
Sein kann –: du rette mich! Erbarm dich meiner!
Wo du doch siehst, wie furchtbar alles und
Voller Gefahr den Sterblichen bestellt ist,
Daß ihnen Gutes zustößt und auch anderes.
So muß, wer außerhalb der Leiden ist,
Sehn die Gefahr, und, wenn er gut fährt, gerade dann
Am meisten auf sein Leben schaun, daß er
Nicht unvermerkt zugrunde geht.

CHOR

Erbarme dich, Herr!
Von Kämpfen hat er erzählt mit vielen
Unerträglichen Mühsalen, wie
Sie keiner meiner Freunde erfahren möge!
Und wenn du diese bitteren, Herr,
Hassest, die Atreus-Söhne,
So würde ich ihre Übeltat
Ihm zum Gewinn verkehren
Und ihn dorthin, wohin er begehrt,
Im gutgerüsteten schnellen Schiff
In seine Häuser führen und
Dem Zorn der Götter entrinnen.

NEOPTOLEMOS

Sieh zu, daß du nicht jetzt zwar willig bist,
Doch wenn du erst genug hast von der Krankheit
Im ständigen Zusammensein, alsdann
Nicht mehr wie jetzt zu diesen Worten stehst!

CHORFÜHRER

Nein, das wird nie geschehn: daß du mit Recht
Je diesen Vorwurf gegen mich erhebst!

NEOPTOLEMOS

Nun, schmählich wär' es, fände man mich weniger
Als dich bereit, dem Fremden das,
Was er in dieser Lage braucht, zu leisten.
Also, wenn es so gut scheint: fahren wir!
Er mache schnell sich fertig! Auch das Schiff –
Es wird ihn aufnehmen und sich nicht weigern.
Nur: mögen uns die Götter sicher
Hinweg aus diesem Lande und dorthin geleiten –
Wohin wir wohl von hier zu fahren wünschen!

PHILOKTET

O liebster Tag! und du, süßester Mann!
Und ihr, Seeleute! liebe! Wie nur könnt' ich
Euch zeigen durch die Tat, wie sehr ihr mich
Zu eurem Freunde habt gemacht!
Ja, gehn wir, Sohn! nachdem wir beide noch voll Ehrfurcht
Gegrüßt dort drinnen die unhäusliche Behausung.
Daß du auch siehst, wovon ich leben mußte,
Und wie ich standhaft war! Ich glaube:
Kein andrer Mann – und hätte er auch nur
Den Anblick wahrgenommen mit den Augen –
Hätte das ausgehalten außer mir.
Ich habe Schritt für Schritt im Zwang der Not
Gelernt, in dieses mich hineinzufinden.

Während sich beide zur Höhle wenden, wird auf der anderen Seite das Geräusch von Schritten hörbar.

CHORFÜHRER

Bleibt stehen! laßt uns hören! Denn zwei Männer –
Einer von deiner Mannschaft und ein Fremder – kommen.
Hört sie erst einmal an, dann geht hinein.

KAUFFAHRER

Sohn des Achilleus! Diesen Mann von deinem Schiff,

Der mit zwei anderen dort Wache hielt,
Bat ich, mir anzuzeigen, wo du seist,
Nachdem ich unvermutet auf euch stieß,
Zufällig angelaufen an den gleichen Strand.
Ich bin ein Kauffahrer und segle mit
Geringem Schiffsgefolge her von Ilion
Heimwärts zum traubenguten Peparethos.
Und als ich von den Seeleuten nun hörte,
Sie seien insgesamt von deiner Mannschaft,
Beschloß ich, meine Fahrt nicht fortzusetzen
Stillschweigend, eh' ich dir Bericht gegeben
Und einen Lohn dafür empfangen hätte.
Du weißt wohl nichts davon, wie's um dich steht:
Was die Achaier über dich für neue
Beschlüsse faßten – und nicht nur Beschlüsse,
Nein, Taten schon ins Werk gesetzt, nicht aufgeschoben.

NEOPTOLEMOS

Nun, Freund! der Dank für deinen Eifer soll –
Schlecht wäre ich sonst! – mir am Herzen liegen.
Doch zeig' mir an, wovon du sprachst, daß ich
Erfahre welchen neueren Beschluß
Du mir von den Achaiern weißt.

KAUFFAHRER

Fort sind, hinter dir her, mit einem Aufgebot
Zur See der alte Phoinix und die Theseus-Söhne.

NEOPTOLEMOS

Mich mit Gewalt zurückzuholen oder nur mit Worten?

KAUFFAHRER

Ich weiß es nicht! Nur was ich hörte, meld' ich dir.

NEOPTOLEMOS

Dies sollte Phoinix und die mit ihm sind,
So eifrig den Atriden zu Gefallen tun?

KAUFFAHRER

Bestimmt! Im Gang schon ist's, und steht nicht
erst bevor.

NEOPTOLEMOS

Warum war nicht Odysseus selbst als Bote
Zur Fahrt bereit in dieser Sache? Oder
Hielt irgendeine Furcht ihn ab?

KAUFFAHRER

Er und der Sohn des Tydeus rüsteten sich gerade
Zur Fahrt nach einem anderen Manne, als
ich auslief.

NEOPTOLEMOS

Und wer war das, nach dem Odysseus selbst
in See ging?

KAUFFAHRER

Es war ein – aber sage mir zuerst: wer ist
Da dieser?
Und sprich leise, wenn du's sagst.

NEOPTOLEMOS

laut

Der, Fremder, ist dir der berühmte Philoktet!

KAUFFAHRER

unterbricht ihn, leise

So frage jetzt nicht weiter! Sondern schnell
Fahr' ab, und weg mit dir aus diesem Land!

PHILOKTET

Was sagt er, Sohn? Was handelt dieser Schiffer
Mit dir da aus im Dunklen über mich?

NEOPTOLEMOS

Ich weiß nicht, was er meint. Jedoch er soll
Sagen ans Licht, was er zu sagen hat,
Vor dir und mir und diesen Männern hier.

KAUFFAHRER

O Sproß Achills! Verklag' mich nicht

Beim Heere, wenn ich sag', was ich nicht darf!
Denn viel empfange ich für meine Dienste
Von ihnen Gutes – als ein armer Mann.

NEOPTOLEMOS

Ich bin den Atreus-Söhnen feind, und der hier ist
Mein bester Freund, weil er die Atreus-Söhne haßt.
So darfst du, da du zu mir kamst als Freund,
Kein Wort von dem, was du gehört hast, uns verhehlen.

KAUFFAHRER

Bedenke, was du tust, Sohn!

NEOPTOLEMOS

Ich bedenk' es längst.

KAUFFAHRER

Dich mache ich verantwortlich!

NEOPTOLEMOS

Tu es und sprich!

KAUFFAHRER

Ich rede.
Nach diesem Manne fahren beide aus,
Wie du von mir gehört hast: Diomedes,
Der Sohn des Tydeus, und der Herr Odysseus,
Nachdem sie einen Eid darauf geschworen,
Ihn unbedingt herbeizuschaffen, sei es
Daß sie ihn überredeten mit Worten,
Sei es mit überlegener Gewalt.
Und dieses haben die Achaier alle
Deutlich gehört, wie es Odysseus sprach.
Denn dieser war von größrer Zuversicht,
Daß er's vollbringen werde, als der andere.

NEOPTOLEMOS

Aus welchem Grunde haben die Atriden
Sich gar so eifrig nach so langer Zeit
Von neuem diesem Manne zugewandt,
Den sie doch schon vor Zeiten hatten ausgesetzt?

Welch ein Verlangen kam sie an? ein Zwang
Und eine Heimsuchung der Götter, die
Für Unrechttun Vergeltung üben?

KAUFFAHRER

Ich will dir dieses – denn vielleicht hast du
es nicht gehört –
Alles erklären. – Es war da ein Seher
Von edler Herkunft, Sohn des Priamos,
Mit Namen nannte er sich Helenos.
Nun, diesen fing sich – einmal in der Nacht
Allein hinausgezogen – er, von dem
Umgehen alle Schmach – und Schandgeschichten,
Der listige Odysseus, und er brachte ihn
Gebunden ein und stellte ihn inmitten
des Griechenheers zur Schau als schönen Fang.
Der nun weissagte ihnen alles andere,
Und auch: daß sie die Burg von Troja nie
Zerstören würden, wenn sie diesen Mann,
Den Philoktet, nicht überredeten
Und ihn herbeibrächten von dieser Insel,
Wo er jetzt wohnt. – Und wie nun dies Odysseus
Den Seher sagen hört, verspricht er gleich
Er werde bringen diesen Mann
Und ihn dem Griechen-Heer vor Augen stellen,
Er dächte, höchst wahrscheinlich, freiwillig;
Wenn er nicht wollte, dann auch mit Gewalt.
Und schaffte er es nicht, sei er erbötig,
Von einem jeden, der es wollte,
Sich abschneiden zu lassen seinen Kopf. –
Gehört hast du nun alles, Sohn. Doch Eile rat' ich
Dir selber und für wen du sonst wohl Sorge trägst.

PHILOKTET

O mir! ich Armer! so hat dieser Mann –
Nichts als ein Unheilstifter – denn geschworen,

Mich zu bereden und zum Heer zurückzuführen?
Genauso werde ich mich überreden lassen,
Als Toter aus dem Hades wieder
Ans Licht heraufzusteigen – so wie einst,
Wie man erzählt, sein Vater Sisyphos!

KAUFFAHRER

Davon weiß ich nichts. Doch ich gehe nun
Zu Schiff. Euch beiden aber möge
Zum Besten seinen Beistand leihn der Gott!
der Kauffahrer geht

PHILOKTET

Ist das, mein Sohn, nicht ungeheuerlich,
Daß ein Odysseus hoffen kann, mich eines Tags
Von Bord mit schmeichlerischen Reden zu geleiten
Und mitten unter den Achaiern vorzuführen?
O nein! viel eher würde ich auf die
Mir so verhaßte Natter hören,
Sie, die mich derart fußlos hat gemacht.
Doch dieser Mann ist fähig, all und jedes
Zu sagen, alles dreist ins Werk zu setzen!
Jetzt weiß ich auch, warum er kommen wird!
Nein, Kind, fahren wir ab, daß uns ein weites
Meer trennt von dem Schiffe des Odysseus.
Gehn wir! Denn rechtzeitige Eile bringt,
Hat man die Mühsal überwunden, Schlaf
und Ruhe.

NEOPTOLEMOS

Nun, wenn der Wind nicht mehr vom Bug her weht,
Gehn wir in See. Noch steht er uns entgegen.

PHILOKTET

Die Fahrt ist immer gut, wenn man vor
Schlimmem flieht.

NEOPTOLEMOS

Haben doch auch die anderen Gegenwind.

PHILOKTET

Für Räuber gibt es keinen Gegenwind, wenn sie
Stehlen und rauben können mit Gewalt!

NEOPTOLEMOS

Nun, wenn dir's scheint, so fahren wir. Doch
hole noch
Von drinnen, was du nötig und am liebsten hast.

PHILOKTET

Wohl bräucht' ich etwas von dem Wenigen.

NEOPTOLEMOS

Was wäre das, was es nicht gibt in meinem Schiff?

PHILOKTET

Ein Heilkraut hab' ich da, womit ich stets am meisten
Einschläfre diese Wunde, daß sie sich beruhigt.

NEOPTOLEMOS

So bring's heraus! Und was wünschst sonst
noch du zu holen?

PHILOKTET

Falls einer mir versehentlich von diesen Pfeilen
Herausgeglitten ist, daß ich ihn nicht
Zurücklasse und ihn sich einer nimmt.

NEOPTOLEMOS

So ist denn dieses der berühmte Bogen,
Den du jetzt hältst? –

PHILOKTET

Er und kein andrer ist es, den ich in den Händen trage!

NEOPTOLEMOS

Ist es erlaubt, ihn aus der Nähe zu betrachten?
Ihn anzufassen und zu küssen, gleich als wär's Gott?

PHILOKTET

Dir, Kind, soll dies und andres von dem Meinen,
Was dir nur dienlich sein mag, zu Gebote stehen.

NEOPTOLEMOS

Ich hätte wohl den Wunsch, jedoch nur so:

Nur wenn kein heil'ges Recht es mir verbietet,
Dann möcht' ich es, wenn aber doch, so laß' es gehn!

PHILOKTET

Fromm sprichst du Kind! jedoch kein heil'ges Recht
Verbietet dir es, der du dieses Licht
Der Sonne mir zu schauen gabst allein,
Nur du: wiederzusehn das Land am Öta,
Nur du: den alten Vater, du: die Freunde,
Der du mich, war ich unterlegen meinen Feinden,
Hast aufgerichtet über sie hinaus.
Getrost! frei soll dir stehn, den Bogen in die Hand zu nehmen
Und dem, der ihn dir gab, zurückzugeben
Und dich zu rühmen, daß du von den Menschen
Zum Lohn für deine Güte ihn allein berührt;
Hab' ich durch Wohltun ihn doch selbst erworben.

NEOPTOLEMOS

Nicht unlieb ist mir, daß ich dich gesehen
Und mir zum Freund gewonnen habe. Denn
Wer wohlzutun versteht für eine Wohltat,
Der muß ein Freund sein, kostbarer als jedes Gut.
Geh' nun hinein.

PHILOKTET

Und du komm mit mir, denn die Krankheit
Verlangt es, daß ich dich zum Beistand nehme.
Beide gehen in die Höhle.

CHOR

Erzählen hörte ich es, doch ich sah es nicht,
Wie ihn, der genaht dem Bette einst des Zeus,
Ixion, auf rollendem Rad
In Fesseln schlug
Der Allgewaltige, des Kronos Sohn.
Doch von keinem anderen weiß ich –

Weder daß ich's gehört noch daß ich's gesehn –,
Daß er fand ein verhaßteres Geschick
Als dieser hier unter den Sterblichen,
Der keinem etwas getan noch geraubt,
Sondern redlich war unter Redlichen
Und zugrunde gerichtet wurde
So unverdient.
Ja, darüber faßt mich ein Staunen,
Wie er denn nur, wie er denn nur,
Das ringsanbrandende Rauschen
Einsam im Ohr,
Wie er ein Leben
So ganz in Tränen durchhielt,
Wo er nur sein eigener Nachbar war,
Unfähig des Gehens,
Und auch keinen hatte in dem Land,
Der ihm nahe war im Leid,
Bei welchem widerhallend er
Sein Stöhnen, das tieffressende,
Ausweinen konnte, das blutige,
Noch einen, der den heißesten
Blutstrom, den nässenden, aus den Wunden
Des vertierten Fußes mit milden
Kräutern stillte, wenn es ihn befiel,
Sie von der nährenden Erde pflückend.
Und er schleppt sich bald hier-, bald dorthin,
Kriechend wie ein kleines Kind,
Das entfernt ist von seiner Amme,
Dort, wo Bequemlichkeit sich bietet
Des Pfads, wenn einmal nachläßt
Das in den Lebensmut
Beißende Übel.
Nicht zur Nahrung pflückt er sich
Der heiligen Erde Saat,

Nicht etwas, was sonst anbauen
Die arbeitsamen Menschen,
Außer daß er einmal
Vom schnellschießenden Bogen
Mit geflügelten Pfeilen
Sich für den Magen schafft Nahrung.
O armseliges Leben!
Wo er auch nicht
Des weinschüttenden Tranks genoß
In zehnjähriger Zeit!
Nein, Ausschau haltend, wo er wohl
Bemerkte ein stehendes Wasser,
Dann dorthin immer sich wandte.
Jetzt aber, wo er mit dem Sohn
Zusammentraf von edlen Männern,
Wird er am Ende glücklich und groß
Hervorgehn aus jenen Leiden.
Der wird ihn auf meerdurchquerendem Kiel
Nach der Fülle vieler Monde
Zum väterlichen führen, dem Hof,
Dem Bereich der Melischen Nymphen,
Und an des Spercheios Gestade,
Wo der Mann einst mit dem ehernen Schild:
Herakles,
Als Gott den Göttern nahte,
In göttlichem Feuer aufflammend
Über den Höhen des Öta.

NEOPTOLEMOS

Kommt aus der Höhle, sich zurückwendend.
Komm doch, ich bitte dich! – Warum verstummst du
So ohne Grund auf einmal und stehst so erstarrt?

PHILOKTET

Ah ah ah ah!

NEOPTOLEMOS
Was ist?
PHILOKTET
Nichts Schlimmes! O nein, geh' nur, Kind!
NEOPTOLEMOS
Sag, hast du Schmerzen von der Krankheit, die dich plagt?
PHILOKTET
Nein, nicht! schon wird mir besser, denke ich –
I – o! ihr Götter!
NEOPTOLEMOS
Was stöhnst du so und rufst die Götter an?
PHILOKTET
Daß sie als Helfer kommen, Lindrung bringen mögen! –
Ah ah ah ah!
NEOPTOLEMOS
Was ist dir denn? willst du nicht sprechen, nein, verharrst
So schweigsam? Etwas plagt dich offenbar!
PHILOKTET
Ich bin verloren, Kind! kann nicht das Übel
Vor euch verbergen – atatä-ih – Es bohrt,
Durchbohrt mich! ich Unsel'ger! o ich Armer!
Ich bin verloren, Kind. Es frißt mich auf!
Papá-ih! papá-ih!
Appápapa, páppapa páppa, papá-ih!
O bei den Göttern! hast du griffbereit, mein Sohn
Ein Schwert zur Hand, so schlage zu,
Ganz unten auf den Fuß, mäh' ihn ab!
Schnell! schone nicht mein Leben! Komm o Sohn –
NEOPTOLEMOS
Was ist das nur so plötzlich, da du über dich
Solch Winseln und solch Gestöhn erhebst?

PHILOKTET

Du weißt es, Kind –

NEOPTOLEMOS

Was ist's?

PHILOKTET

Du weißt es, Sohn!

NEOPTOLEMOS

Was ist mit dir? Ich weiß es nicht –

PHILOKTET

Wie, du weißt es nicht?
Páppapápappapápappapa-ih!

NEOPTOLEMOS

Furchtbar die Bürde dieser Krankheit!

PHILOKTET

Ja!
Furchtbar, unsagbar – O, hab' Mitleid mit mir!

NEOPTOLEMOS

Was also soll ich tun?

PHILOKTET

Gib mich aus Furcht nicht preis!
Denn dieser Daimon, er kommt nur von Zeit zu Zeit,
Dann wohl, wenn er es satt hat, rings
umherzuschweifen!

NEOPTOLEMOS

I-o! i-o! Unselger du! –
Unselger, ja, durch alle Leiden ausgewiesen!
Willst du, daß ich dich fasse, irgend Hand anlege?

PHILOKTET

Nein! das nicht! Aber nimm hier meinen Bogen,
Um den du eben batest, bis der Anfall
Der Krankheit nachläßt, der mich jetzt befiel.
Bewahre, hüte ihn. Denn es ergreift
Der Schlaf mich, wenn das Übel mich verließ.
Vorher hört es nicht auf. Doch muß man dann

Mich ruhig schlafen lassen. –
Doch wenn sie unterdessen kommen, diese Männer,
So lege ich dir, bei den Göttern, auf,
Daß du nicht *mit* noch *gegen* deinen Willen
Noch auch bestimmt durch irgendeine List
Den Bogen denen überläßt, daß du
Nicht an dir selber wie an mir, der ich
Mich gab in deinen Schutz, zum Mörder wirst.

NEOPTOLEMOS

Sei meiner Vorsicht wegen unbesorgt!
Gegeben wird er keinem außer dir und mir.
Sei es zu gutem Glück denn: reich ihn her!

PHILOKTET

gibt ihm den Bogen

Da! nimm ihn, Sohn! und bitte darum, daß der Neid
Der Götter ihn dir nicht zum Kummer werden lasse,
Wie mir und ihm, der ihn vor mir besessen hat.

NEOPTOLEMOS

Ihr Götter! möge dies uns beiden so geschehn!
Und möge unsere Fahrt mit gutem Wind
Und glückhaft dorthin gehn – wohin denn immer
Der Gott für recht hält und der Kurs uns führt.

PHILOKTET

Allein, ich fürchte, Sohn, es wird für mich
Sich nicht erfüllen, das Gebet. Denn wieder tropft
Hervor mir dunkel aus der Tiefe quellend
Dies Blut, und einen neuen Anfall fürchte ich.
Papá-ih! weh!
Papá-ih! ah! Mein Fuß: was schaffst du mir für Leiden!
Es schleicht heran,
Es kommt – da! schon ganz nahe!
O mir, mir! ich Armer!
Da habt ihr es nun, wie es um mich steht,
Doch flieht nicht, nein!

Attata-ih!
O Freund von Ithaka, Odysseus! wenn doch dir
Durch und durch dieser Schmerz die Brust durchdränge.
Weh! papá-ih!
Papá-ih noch einmal! Ihr beiden Heeresführer,
O Agamemnon und Menelaos!
Würdet ihr beiden doch an meiner Stelle
Ebensolange diese Krankheit nähren!
O mir, mir!
O Tod, Tod! weswegen nur,
Schon immer so gerufen Tag für Tag,
Kannst du nicht endlich kommen?
O Sohn! o du Hochherziger: so pack mich denn
Und in dem Erdfeuer von Lemnos, dem
So vielberufenen, verbrenne mich, Hochherziger!
Hab' doch auch ich einst Herakles, dem Sohn des Zeus,
Für diesen Bogen, den du jetzt bewahrst,
Den gleichen Dienst zu tun für recht gehalten.
Was sagst du, Sohn?
Was sagst du? warum schweigst du, – Kind?
Wo bist du denn?

NEOPTOLEMOS

Ich leide schon die ganze Zeit, bejammere
Die Übel, welche auf dir ruhn.

PHILOKTET

Nun, Kind, hab' Zuversicht. Denn dieser Anfall
Kommt immer heftig und schnell geht er wieder.
Doch bitt' ich dich: laß' nicht alleine mich zurück!

NEOPTOLEMOS

Getrost, wir bleiben!

PHILOKTET

Bleiben wirst du?

NEOPTOLEMOS

Sei gewiß!

PHILOKTET

Nun, dich mit Eid zu binden, das verlang' ich nicht!

NEOPTOLEMOS

Wär's doch nicht recht für mich, zu gehen ohne dich!

PHILOKTET

Gib mir die Hand darauf!

NEOPTOLEMOS

Ich geb' sie dir: wir bleiben!

PHILOKTET

von einem neuen Anfall geschüttelt

Dorthin jetzt mit mir, dorthin –

NEOPTOLEMOS

Wohin meinst du?

PHILOKTET

Hinauf!

NEOPTOLEMOS

Was bist du wieder
Von Sinnen! starrst hinauf zum Himmelskreis?

PHILOKTET

Laß, laß mich gehen –

NEOPTOLEMOS

Und wohin?

PHILOKTET

Laß endlich los!

NEOPTOLEMOS

Nein, sag ich!

PHILOKTET

Du tötest mich, wenn du mich anfaßt!

NEOPTOLEMOS

So laß' ich dich denn los, wenn du nun wieder
Ein wenig mehr bei Sinnen bist.

PHILOKTET

erschöpft zu Boden sinkend

O Erde, nimm mich auf, den Sterbenden,

Wie ich hier bin! Denn dieses Leiden,
Es läßt mich nicht mehr aufrecht stehen.

NEOPTOLEMOS

Den Mann, so scheint es, wird in kurzer Zeit
Der Schlaf gefangen nehmen. Da! sein Haupt, es fällt
Nach hinten über: Schweiß, wahrhaftig trieft
An ihm herab am ganzen Leib, und schwarz
Ist aufgebrochen unten an dem Fuß,
Von Blute überströmend, eine Ader.
Kommt, Freunde, lassen wir ihn denn
In Ruhe, daß er in Schlaf versinkt.

ERSTER HALBCHOR

Schlaf! der du den Schmerz nicht kennst, Schlaf, kummerloser!
Komme mit sanftem Wehen uns,
Labsal des Lebens, o Herr!
Und seinen Augen halte fern
Diesen Glanz, der sich jetzt ausgebreitet hier.
Komm, komm mir als heilender Gott!
O Kind, bedenke, wo du stehst
Und wohin du schreitest und wie für mich
Das Weitere ist zu besorgen!
Du siehst es ja? –
Worauf noch warten, daß wir handeln?
Denn er, der rechte Augenblick,
Der bei allem die Entscheidung hat,
Bringt oft, ja oft,
Schnell ergriffen, den Erfolg!

NEOPTOLEMOS

Nun, dieser hört jetzt nichts. Doch scheint mir, daß wir die Beute
Dieses Bogens vergeblich gemacht, wenn wir ohne ihn fahren.

Diesem gehört der Kranz: ihn befahl der Gott uns zu bringen!
Halben Tuns sich zu rühmen mit Lügen ist schmähliche Schande!

ZWEITER HALBCHOR

Nun, Kind, auf dieses wird schauen der Gott!
Doch wenn du mir willst Antwort geben,
Ganz leise nur, leise, Kind,
Schicke mir zu den Laut der Worte!
Denn bei allen ist in der Krankheit
Scharfsichtig im Sehen der schlaflose Schlaf.
Jedoch so sehr du nur vermagst,
Schaue danach, danach heimlich mir aus,
Wie du handeln wirst.
Du weißt, wovon ich rede!
Doch wenn du bleibst bei diesem Entschluß
Über diesen Mann,
So wird jeder, der Verstand hat,
Gar schwierige Dinge voraussehn!

DER GANZE CHOR

Wind, Sohn! günstiger Wind!
Und der Mann hier blicklos, wehrlos
Daliegt er nächtlich hingestreckt –
Empfindungslos ist ein guter Schlaf! –
Nicht Hand, nicht Fuß noch irgend etwas
Gehorcht ihm, nein, wie im Tode liegt er.
Schau auf das, was an der Zeit ist!
Doch soviel mir faßlich ist in meiner Einsicht, Sohn,
Ein Handeln, das nichts aufschreckt, ist das Beste!

NEOPTOLEMOS

Schweigt still, sag' ich, und kommt nicht aus der Fassung!
Er schlägt die Augen auf, der Mann und hebt das Haupt!

PHILOKTET

O Licht, das du ablöst den Schlaf! und was
Ich nie in meinen Hoffnungen geglaubt,
Die treue Wacht hier dieser fremden Männer!
Denn niemals, Sohn, hätte ich das erhofft,
Daß du es über dich gewinnen könntest,
So voller Mitleid meine Leiden abzuwarten,
Hier bei mir stehend und mir Hilfe leistend.
Haben die Atreus-Söhne dies doch nicht so leicht
Vermocht zu tragen – gute Heeresführer!
Doch du – denn deiner Art nach edel und von edlem Stamm
Bist du, mein Kind –, du hast dies alles
Für leicht erachtet, wenn dich auch Geschrei
Bedrängte und schlimmer Gestank,
Nun aber, da in diesem meinem Leiden
Jetzt Stille eingetreten scheint und Ausruhn, Kind,
So richte selber du mich auf und stelle du
Mich auf die Füße, Kind, damit,
Wenn die Ermattung endlich von mir weicht,
Wir aufbrechen zum Schiff und nicht die Fahrt verzögern.

NEOPTOLEMOS

Nun, ich bin froh, wider Erwarten dich
Von Schmerzen frei und blicken und noch atmen
Zu sehn. Denn darauf, daß du nicht mehr seist,
Schienen die Zeichen bei dem Anfall jetzt zu deuten.
Doch nun erhebe dich! Ist dir es aber lieber,
Werden dich diese tragen und der Mühe wegen
Nicht murren, da nun einmal es zu tun
Bei dir und mir beschlossen ist.

PHILOKTET

Ich danke dir, mein Sohn! So richte denn
Mich auf, wie du gewollt hast. Die da laß.

Sie sollen von dem widrigen Geruch
Nicht eher, als es nötig wird, belästigt werden.
Genug für sie die Mühsal auf dem Schiff,
Wenn sie mit mir zusammenwohnen sollen.

NEOPTOLEMOS
So sei es! Steh' denn auf und halte dich an mir.

PHILOKTET
Sei unbesorgt! die langgewohnte Übung hilft mir auf.

NEOPTOLEMOS
O weh!
Was soll ich tun? Wie soll das weitergehn?

PHILOKTET
Was ist, mein Sohn? Worauf willst du damit hinaus?

NEOPTOLEMOS
Ich weiß nicht, wie die ausweglose Sache wenden!

PHILOKTET
Ausweglos du? worin? Sag' das nicht, Kind!

NEOPTOLEMOS
Doch gerade jetzt bin ich in auswegloser Lage!

PHILOKTET
Dich hat doch nicht das Widerwärtige der Krankheit
Bestimmt, mich nicht mehr mit an Bord zu nehmen?

NEOPTOLEMOS
Alles ist widerwärtig, wenn die eigne Art
Einer verläßt und Dinge tut, die ihm nicht anstehn!

PHILOKTET
Du tust und sagst doch nichts, was von dem Vater
Abweicht, indem du einem edlen Manne hilfst!

NEOPTOLEMOS
Schlimm dastehn werde ich: das quält mich längst!

PHILOKTET
Im Tun nicht! doch in deinen Worten, fürchte ich.

NEOPTOLEMOS
O Zeus, was tu ich? Soll ich mich zum zweiten Mal

Als schlecht erweisen, weil ich Dinge
Verhehle, die ich nicht verhehlen sollte,
Und elende Geschichten her erzähle?

PHILOKTET

Der Mann, wenn mich mein Sinn nicht täuscht,
Will mich verraten offenbar und hier
Zurücklassen und segeln ohne mich!

NEOPTOLEMOS

Zurücklassen gewiß nicht! Aber daß
Ich dich wohl mitnehme vielmehr
Auf eine bittre Fahrt: das quält mich längst!

PHILOKTET

Was sagst du da, Kind? Ich verstehe nicht –

NEOPTOLEMOS

Nichts mehr verhehl' ich dir! Nach Troja sollst
du fahren,
Zu den Achaiern und zum Heer der Atreus-Söhne.

PHILOKTET

O mir! was sagst du?

NEOPTOLEMOS

Stöhne nicht, eh' du erfahren …

PHILOKTET

Erfahren was? – Was hast du vor, mit mir zu tun?

NEOPTOLEMOS

Befrein will ich dich erst von diesem Leiden, dann
Im Bund mit dir das Troer-Land zerstören.

PHILOKTET

In Wahrheit? Das denkst du zu tun?

NEOPTOLEMOS

Ein starker Zwang
Gebietet es! Du zürne nicht, es zu vernehmen!

PHILOKTET

Verloren, ich Unseliger! verraten bin ich!

Was hast du, Fremder, mir da angetan!
Gib schnellstens diesen Bogen mir zurück!

NEOPTOLEMOS

Es kann nicht sein! Den Heerführern zu gehorchen,
Zwingt mich das Rechte ebenso wie auch der Nutzen.

PHILOKTET

O Feuer du und reiner Greuel und verhaßtestes
Kunststück von übler Schurkerei! Was hast du mir
Getan, wie hast du mich betrogen!
Und schämst dich nicht, mir ins Gesicht zu blicken.
Dem Hilfeheischenden, Schutzsuchenden, o du
Verruchter?
Geraubt hast du mir mit dem Raub des Bogens
Das Leben! Gib, ich fleh' dich an, gib ihn zurück!
Ich fleh' dich an, Kind! Bei den väterlichen Göttern!
Raube mir nicht das Leben! –
O ich Armer!
Nicht einmal sprechen mehr will er mit mir!
Nein, so als gäbe er ihn nie
Mehr aus der Hand, so blickt er weg! –
O Buchten, o ihr Vorgebirge! o du mein
Gemeinsam Leben mit den Tieren des Gebirgs!
Und o ihr schroffen Felsen: euch – denn keinen
Anderen weiß ich sonst, zu dem ich sprechen
könnte –
Euch klag' ich, die ihr da seid, wie gewohnt,
Was da für Dinge mir hat angetan
Der Sohn Achills! Da schwor er, daß er mich
Nach Hause führen werde, und – nach Troja
Bringt er mich! Da gab er mir seine Rechte –
Und nahm den Bogen mir, den heiligen
Des Herakles, des Sohns des Zeus, behält ihn
Und hat im Sinn, ihn den Achaiern vorzuweisen! –
Als hätt' er einen starken Mann ergriffen,

Führt er mich mit Gewalt hinweg und sieht
Nicht, daß er einen Leichnam, Schatten eines Rauchs,
Nur ein Phantom erschlägt! Denn nicht, wär' ich
bei Kräften,
Hätte er mich ergriffen, wo er's doch
Auch so nicht hat vermocht, außer mit List!
Doch jetzt, betrogen bin ich Unglückseliger!
Was soll ich tun? – Nein, gib ihn wider!
Nein, kehre jetzt noch zu dir selbst zurück! –
Was sagst du? – Wie, du schweigst? Nichts bin
ich Armer! –
O Felsgebilde mit dem Doppeltor,
Ich werde wiederum nun eintreten bei dir,
Entblößt und ohne Nahrung! Nein, verdorren
Werd' ich in dieser Höhle einsam,
Keinen beschwingten Vogel und kein Tier des Berges
Mit diesen Pfeilen tötend! nein, gestorben, werde
Ich denen selbst zum Fraß, von denen ich mich nährte,
Und die ich vorher jagte, jagen mich jetzt,
Und Mord für Mord zur Sühne zahle ich, ich Armer!
Durch ihn, der nichts zu wissen schien von Bösem! –
Verderben über dich – jedoch noch nicht,
Bis ich gesehen, ob du deine Meinung änderst.
Wo aber nicht, zugrunde gehe dann auf
schlimme Art!

CHORFÜHRER

Was tun wir? Bei dir steht es, Herr ob wir
Nun fahren oder seinen Worten folgen.

NEOPTOLEMOS

Auf mich hereingestürzt ist ein gewalt'ger Jammer
Um diesen Mann, und nicht erst jetzt – schon lange!

PHILOKTET

Erbarm' dich, bei den Göttern, Sohn! Gib nicht
den Menschen

Grund zu dem Vorwurf, daß du mich
betrogst!

NEOPTOLEMOS

O mir, was tu ich? – Hätte ich doch nie mein Skyros
Verlassen! So schwer lastet dieses hier auf mir!

PHILOKTET

Du bist nicht schlecht, doch scheint es, du kamst her,
Von schlechten Menschen angestellt für üble Dinge.
Das überlaß' jetzt andern, deren Art
Dies ist, und fahre aus, nachdem du mir
Noch hast zurückgegeben meine Waffen!

NEOPTOLEMOS

Was tun, ihr Männer?

ODYSSEUS

plötzlich hervortretend mit Gefolge
O du schlechtester der Menschen!
Was tust du da? Zurück! und her da mit dem Bogen!

PHILOKTET

O mir, wer ist der Mann? Hör' ich da den Odysseus?

ODYSSEUS

Ja, den Odysseus! mich! den du hier vor dir siehst!

PHILOKTET

O mir, verkauft bin ich, verloren! – Dieser also
war es, der mich ergriff und mir die Waffen nahm!

ODYSSEUS

Ja, ich! kein andrer sonst! Ich geb' es zu.

PHILOKTET

Gib mir zurück, laß mir den Bogen, Sohn!

ODYSSEUS

Das wird er nie,
Selbst wenn er wollte! Nein, mehr noch: auch du
Mußt mitkommen mitsamt dem Bogen oder
Diese werden dich bringen mit Gewalt!
zeigt auf sein Gefolge

PHILOKTET

Mich, o du Schlechtester der Schlechten! Dreistester!
Mich sollen diese mit Gewalt –

ODYSSEUS

Wenn du nicht willig folgst!

PHILOKTET

O du Land Lemnos und du allgewalt'ger Glanz
Des Feuers, das Hephaistos hat entfacht!
Ist es zu dulden, daß mich dieser Mann
Von eurem Boden fortschleppt mit Gewalt?

ODYSSEUS

Zeus ist es, daß du's weißt: Zeus, dieses Landes Herr,
Zeus, der dies so beschlossen hat! Ich diene ihm.

PHILOKTET

Abscheulicher! was hast du da erfunden!
Schützt Götter vor und stellst die Götter hin als falsch!

ODYSSEUS

O nein, als wahr! gehn mußt du diesen Weg!

PHILOKTET

Nein, sage ich!

ODYSSEUS

Und ich, ich sage ja!
Hierin mußt du gehorchen!

PHILOKTET

O ich Armer!
So hat der Vater mich denn offenbar
Gezeugt als Sklaven, nicht als freien Mann!

ODYSSEUS

Nein! Als den Besten gleich, mit denen Troja
Du nehmen sollst und niederreißen mit Gewalt!

PHILOKTET

Niemals! Und müßte ich auch alles Schlimme leiden,
Solange mir nur diese steile Felsenstufe bleibt!

ODYSSEUS

Was willst du tun?

PHILOKTET

Mich auf der Stelle
Vom Fels herunterstürzen, und am Fels mein Haupt zerschmettern!

ODYSSEUS

zu zwei Männern des Gefolges

Packt ihn, ihr beide! dies soll ihm nicht freistehn!

PHILOKTET

O meine Hände! Was müßt ihr erdulden, nun
Da ihr entbehren müßt den lieben Bogen:
Gefangen beide nun von diesem Mann!
O der du nichts Gesundes und nichts Freies
Im Sinne trägst: wie hast du wieder mich
Beschlichen und zur Strecke mich gebracht,
Indem zu deiner Deckung du den Knaben da
Vorschobst, der mir ein Unbekannter war,
Nicht deines Schlages, ganz von meiner Art:
Der nichts als das ihm Aufgetragene zu tun
Gewußt hat und auch jetzt zeigt, wie er schmerzlich
An dem trägt, was er fehlte und was ich erlitt.
Nein, deine schlechte Seele nur, die stets
Aus Winkeln späht, hat ihn, der dazu nicht
Geschaffen war und es nicht wollte, dennoch
Trefflich belehrt, im Schlimmen klug zu sein!
Und jetzt gedenkst du Arger, mich zu binden
Und wegzuführen von dem Strand, an dem du mich
Einst hinwarfst, freudlos, einsam, heimatlos:
Ein Toter unter Lebenden! o! o!
Zugrunde gehe! oft schon hab' ich dir dies angewünscht,
Jedoch – denn nie gewähren mir die Götter etwas Süßes! –

Du freust dich deines Lebens, doch für *mich*
Ist eben dies ein Leiden: daß ich lebe,
In vielen Übeln, ich Unseliger!
Verlacht von dir und von den Atreus-Söhnen,
Den beiden Heeresführern, denen du
In dieser Sache dienst!
Und fuhrst doch nur durch List und Zwang genötigt
Mit ihnen aus. Doch ich, der Unglückselige,
Der mitfuhr freiwillig mit sieben Schiffen,
Mit Schande wurde ich hinausgeworfen
Von ihnen, wie du sagst; wie sie sagen: durch dich!
Und jetzt, was holt ihr mich? was führt ihr mich
Mit euch davon? zu welchem Zweck?
Ein Nichts bin ich und längst für euch schon tot!
Wieso, du Gottverhaßtester, bin ich dir jetzt
Nicht lahm und stinkend? Wie kann man den Göttern,
Wenn ich mitfahre, Brandopfer entzünden?
Wie noch Weihgüsse spenden? Dies war doch
Der Vorwand für dich, um mich auszusetzen.
Zugrunde gehe elend! Ja, zugrunde gehen
Werdet ihr, die ihr Unrecht habt getan an diesem Mann,
auf sich selber zeigend
Wenn sich die Götter kümmern um das Recht.
Doch weiß ich wohl: sie kümmern sich darum! Denn nie
Wäret ihr ausgefahren wohl mit diesem Zug
Nach mir, dem armseligen Manne, hätte nicht
Der Stachel eines Gottes euch um meinetwegen
Hierher getrieben –
Allein, o du mein väterliches Land
Und Götter ihr, die ihr auf alles blickt:
Laßt sie es büßen, büßen! – sei es auch
Dereinst erst mit der Zeit –: sie allesamt,
Wenn ihr auch meiner etwas euch erbarmt.
Denn lebe ich auch kläglich: könnt' ich sehen,

Wie sie zu Grunde gehn: mir wäre
Als ob ich meiner Qual entronnen sei.

CHORFÜHRER

In schwerem Zorne sprach der Mann, Odysseus,
Ein schweres Wort, das sich der Not nicht beugt!

ODYSSEUS

Viel könnte ich zu dessen Worten sagen,
Hätt' ich die Muße. Jetzt das Eine nur:
Da, wo es Männer braucht von solcher Art,
Bin ich ein solcher. – Aber wo es um gerechte
Und rechtschaffene Männer geht, da wird
Man finden keinen Frömmeren als mich.
Nun bin ich freilich von Natur darauf erpicht,
Zu siegen überall – außer bei dir!
Freiwillig räume ich dir jetzt das Feld!
Ihr, gebt ihn frei! und rührt ihn nicht mehr an!
Laßt ihn denn bleiben! – Wir bedürfen deiner nicht,
Da wir den Bogen haben! Denn da ist
Bei uns ja Teukros, der sich drauf versteht,
Und ich auch, der ich meine, ihn nicht schlechter
Als du zu meistern und zu zielen mit der Hand.
Was also braucht es dich! – Durchwandle froh dein Lemnos!
Wir aber gehen, und vielleicht schafft mir
Die dir von Herakles gewordne hohe Gabe
Die Ehre, die du hättest haben sollen!

PHILOKTET

O mir!
Was tu ich Unglückseliger? Du wirst geschmückt
Mit meinen Waffen dich vor den Achaiern zeigen?

ODYSSEUS

Erwidere mir nichts mehr, denn ich gehe schon!

PHILOKTET

O Sproß Achill's! sogar von dir
Hör' keinen Laut ich mehr? fort gehst du so?

ODYSSEUS

Komm! Sieh' ihn nicht mehr an, so hochherzig du bist.
Daß du uns den Erfolg nicht noch verdirbst!

PHILOKTET

zum Chor

So wollt auch ihr so einsam mich, ihr Fremden,
Zurücklassen, erbarmt euch meiner nicht?

CHORFÜHRER

Der Jüngling dort ist unser Schiffsherr: alles,
Was er dir sagt, sagen auch wir zu dir!

NEOPTOLEMOS

Zu hören werde ich von dem bekommen,
zeigt auf Odysseus
Ich sei zu mitleidig, doch wünscht es dieser,
So bleibt, solange unsere Männer noch an Bord
Alles zurüsten und wir zu den Göttern beten.
Vielleicht faßt dieser Mann indessen
Einen für uns heilsameren Beschluß.
Wir beide also gehn zum Schiff, und ihr,
Sobald wir rufen, macht euch schleunigst auf.
Odysseus und Neoptolemos gehen

GESANGSSTÜCK

PHILOKTET

O des hohlen Felsens Gewölbe,
Heiß und eisig!
So soll ich Armer dich niemals mehr
Verlassen, sondern du wirst
Auch im Tode bei mir sein!
O mir, mir!

O Stätte du, erfüllteste
Von meiner Qual, ich Armer!
Was wird wieder
Sein mein tägliches Teil?
Worin werde und woher
Ich finden, elend wie ich bin,
Eine Hoffnung, die mir Nahrung reicht?
Nun werden im Äther oben
Die Vögel im scharfen Winde
Dahinziehn: ich hab keine Kraft mehr!

CHOR

Du selbst, du selbst entschiedest so,
Du schwer vom Schicksal Geschlagener!
Und nicht von einem anderen
Bist du gebunden an dies Geschick,
Nicht von einem Größeren!
Denn als dir freistand, dich zu besinnen,
Wähltest du statt des besseren Loses,
Mit dem schlimmeren dich abzufinden.

PHILOKTET

O Unseliger, Unseliger ich!
Und durch Mühsal Gebrochener,
Der ich mit niemandem hinfort
Der Menschen künftig, ich Armer,
Hier wohnend zugrunde gehe –
Aiai! aiai! –
Keine Nahrung mehr einbringend,
Nicht mit meinen geflügelten Waffen,
In starken Händen sie haltend!
Nein, unsichtbare, versteckte
Reden eines listgen Sinns
Schlichen sich ein in mich.
Sehn möcht ich, wie ihm, der dieses ersann,

Die gleiche Zeit
Zuteil würden meine Qualen!

CHOR

Das Geschick der Götter hat über dich,
Und nicht Arglist über dich dies gebracht
Von meiner Hand.
Richte den bösen, den Unglücksfluch
Gegen andere. Denn mir liegt daran,
Daß du die Freundschaft nicht von dir stößt.

PHILOKTET

O mir, mir! Und irgendwo
Am grauen Strand des Meeres
Sitzend, lacht er über mich
Und schwingt in der Hand die Waffe,
Die mir Armseligem Nahrung war,
Die niemand je getragen hat!
O du mein Bogen, o du mit
Gewalt meinen Händen Entrissener,
Gewiß siehst du mit Mitleid, wenn
Du irgend ein Bewußtsein hast,
Den Gefährten des Herakles,
Der, so im Elend, nie mehr
Künftig von dir Gebrauch macht!
Von einem anderen wirst du jetzt
Geführt werden im Wechsel:
Dem ränkevollen Mann.
Wirst sehen üble Betrügereien,
Und wie der verhaßte, feindselige Mann
Aus schändlichen Dingen aufgehen läßt
So viele tausend Übel, wie
Sonst keiner gegen uns ersann!
– Odysseus.

CHOR

Es soll der Mann das Rechte sagen,
Und sagt er es, stoße er nicht aus
Der Zunge bitterböse Kränkung!
Denn jener Mann, als einer
Beordert von vielen, auf deren Befehl
Hat er nun bringen wollen
Den Freunden gemeinsame Hilfe.

PHILOKTET

O du meine geflügelte Beute und
Ihr Völker der funkeläugigen,
Der wilden Tiere, die dieser Raum
Hier hegt, auf Bergen weidende:
Nicht mehr, zur Flucht gewendet, springt
Ihr auf aus euren Lagern,
Denn nicht mehr halt ich in Händen
Wie früher die Kraft der Pfeile,
O ich Unglückseliger, jetzt,
Nein, frei – denn der Platz ist euch nicht mehr verwehrt,
Nicht schrecklich mehr –: frei streift umher!
Jetzt ist es schön, daß ihr Blut im Blut
Ersättigt den Schlund
Nach Lust mit meinem fleckigen Fleisch.
Das Leben nämlich verlaß' ich sogleich.
Denn woher wird Speise mir kommen?
Wer nährte sich wohl so von Luft,
Wenn ihm nichts mehr zu Gebote steht,
Was die lebenspendende Erde gibt!

CHOR

Bei Göttern! Wenn du ein wenig den Freund
Ehrst, der mit allem guten Willen
Dir naht, so nahe du auch ihm!
Doch erkenne es, erkenne es wohl

Bei dir steht es, diesem Unheilsgeist
Zu entrinnen!
Jammervoll ist es, ihn zu nähren,
Und schwer zu lernen ist es,
Zu tragen die tausendfache
Beschwerde, die mit ihm haust.

PHILOKTET

Wieder, wieder erinnerst du
Mich an das alte Leiden, o
Bester von allen je hier am Ort!
Was hast du mich vernichtet!
Was hast du mir angetan?

CHORFÜHRER

Wie meinst du das?

PHILOKTET

Wenn du mich in das mir verhaßte,
Das Troische Land zu führen gedenkst.

CHORFÜHRER

Das halte ich für das beste.

PHILOKTET

So verlaßt mich augenblicklich!

CHOR

Lieb ist mir, lieb, was du anbefiehlst,
Und bereitwillig tu ich es!
So gehn wir denn, gehn wir denn, wo im Schiff
Uns der Platz ist zugewiesen!

PHILOKTET

Nein, bei dem Zeus, der den Fluch erhört,
Gehe nicht! ich flehe dich an!

CHOR

Mäßige dich!

PHILOKTET

O ihr Fremden, bei den Göttern, bleibt!

CHOR

Was rufst du?

PHILOKTET

Aiai! aiai! Daimon! Daimon!
Verloren bin ich Armer!
O Fuß, Fuß! was soll ich noch im Leben
Mit dir tun künftig, ich Armer?
O ihr Fremden, kommt, kommt wieder!

CHORFÜHRER

Um was zu tun?
Hast du gewandelt deinen Sinn
Gegen das, was du früher vorgebracht?

PHILOKTET

Es ist doch nicht zu verargen, wenn
Einer, der irr ist vor stürmischer Qual,
Auch einmal redet ohne Verstand!

CHORFÜHRER

Geh, Armer, denn, so wie wir es dich heißen!

PHILOKTET

Niemals, niemals! das wisse unumstößlich!
Und wenn der feuertragende Blitzschleuderer
Mit Wetterstrahlen kommen wird, mich
zu zerflammen! –
Nieder mit Ilion und allen
Vor Ilion, die es vermocht,
Zu verstoßen meines Fußes Glied!
Nein, Fremde! eine Bitte nur
Gewährt mir –

CHORFÜHRER

Welche eine? nenne sie!

PHILOKTET

Ein Schwert von irgendwoher oder
Ein Beil, eine Waffe beschafft mir!

CHORFÜHRER

Um welche Tat zu unternehmen?

PHILOKTET

Das Haupt mir abzuschneiden und
Die Glieder alle mit der Hand! –
Nach Mord, Mord steht nun mein Sinn!

CHORFÜHRER

Warum?

PHILOKTET

Den Vater zu suchen –

CHORFÜHRER

Auf Erden?

PHILOKTET

In der Totenwelt!
Er ist nicht mehr am Licht! – O Stadt!
O väterliche Stadt!
Wie könnt ich dich ansehn, ich elender Mann,
Der deinen heiligen Strom verließ,
Um hinzugehen, den Feinden,
Den Danaern, als Helfer!
Nichts mehr bin ich!
er geht zurück in die Höhle

CHORFÜHRER

Schon lange wär' ich dir zu meinem Schiff gegangen,
Hätten wir nicht Odysseus und den Sohn Achills
Schon nahe hierher zu uns kommen sehn.

ODYSSEUS

Willst du nicht sagen, was es soll, daß du voll Eifer
Den Weg zurückgehst wiederum in solcher Hast?

NEOPTOLEMOS

Den Fehler gutzumachen, welchen ich zuvor beging!

ODYSSEUS

Erstaunlich, wie du redest! und was war der Fehler?

NEOPTOLEMOS

Daß ich dir folgend und dem ganzen Heer...

ODYSSEUS

Nun, was getan hast, das sich nicht für dich gehört?

NEOPTOLEMOS

Daß ich mit schandbaren Betrügerein und Listen
Fing einen Mann...

ODYSSEUS

Welch einen Mann...? O mir!
Hast du wohl etwas Neues vor?

NEOPTOLEMOS

Nichts Neues!
Jedoch dem Sohn des Poias, Philoktet...

ODYSSEUS

Was willst du tun? – Mich überläuft ein Schrecken!

NEOPTOLEMOS

Von dem ich diesen Bogen nahm, will ich
ihn wieder...

ODYSSEUS

O Zeus, was willst du sagen? Doch nicht:
›wiedergeben‹?

NEOPTOLEMOS

Unehrenhaft und nicht zu Recht erhielt ich ihn!

ODYSSEUS

Sagst du das, bei den Göttern, um mich zu verspotten?

NEOPTOLEMOS

Wenn es Verspottung ist, Wahres zu sagen!

ODYSSEUS

Was sagst du, Sohn Achills? wie war das Wort?

NEOPTOLEMOS

Willst du, daß ich es zwei- und dreimal wiederhole?

ODYSSEUS

Ich hätt' es gar nicht, auch nicht einmal hören wollen!

NEOPTOLEMOS

So sei versichert: alles hast du nun gehört!

ODYSSEUS

Doch gibt es einen, der dich hindert, dies zu tun.

NEOPTOLEMOS

Was sagst du? wer wird der sein, der mich daran hindert?

ODYSSEUS

Das ganze Heer der Griechen und darunter ich!

NEOPTOLEMOS

So klug du bist, sprichst du kein kluges Wort!

ODYSSEUS

Und du sprichst weder klug, noch tust du Kluges!

NEOPTOLEMOS

Wenn es gerecht ist, ist es besser als das Kluge.

ODYSSEUS

Wie wäre das gerecht: was du durch meinen Rat
Erlangt hast, wieder hinzugeben?

NEOPTOLEMOS

Meinen Fehler,
Den schmählichen, den ich begangen habe,
Will ich versuchen, wieder gutzumachen!

ODYSSEUS

Schreckt dich das Heer der Griechen nicht, wenn du dies tust?

NEOPTOLEMOS

Da ich im Recht bin, fürchte ich dein ›Schrecknis‹ nicht!
Auch deine Hand wird mich nicht dazu bringen, es zu tun!

ODYSSEUS

Nicht mit den Troern kämpfen wir dann, nein mit dir!

NEOPTOLEMOS

Komme, was wolle!

ODYSSEUS

Siehst du meine Rechte
Den Griff des Schwertes fassen?

NEOPTOLEMOS

Nun, auch mich
Siehst du sogleich dasselbe tun und nicht mehr zögern!

ODYSSEUS

Gut denn! ich laß' dich! Doch ich geh' und sage dies
Dem ganzen Heere: das wird es dich büßen lassen!

NEOPTOLEMOS

Du nimmst Vernunft an. Wenn du so auch künftig denkst,
Wirst du den Fuß aus manchem Kummer draußen halten!

wendet sich zur Höhle und ruft hinauf

Du aber, Sohn des Poias, Philoktet!
Komme heraus! verlasse dies dein Felsendach!

PHILOKTET

von drinnen

Was für ein Lärm von Stimmen wieder vor der Höhle?
Was ruft ihr mich heraus? Was wünscht ihr, Fremde?

Er tritt heraus und sieht Neoptolemos.

O mir! nichts Gutes! – Seid ihr wieder da,
Um zu den Übeln neue Übel mir zu schaffen?

NEOPTOLEMOS

Sei unbesorgt und hör' die Worte, die ich bringe!

PHILOKTET

Ich bin in Furcht!
Schon einmal ist es mir nach schönen Worten
Übel ergangen, weil ich deinen Worten traute!

NEOPTOLEMOS

Ist's denn nicht möglich, wieder seinen Sinn zu ändern?

PHILOKTET

So einer warst du auch in deinen Reden, als
Du mir den Bogen stahlst: vertrauenswürdig,
Doch im Geheimen ein Verderb!

NEOPTOLEMOS

Nicht aber jetzt!
Doch hören möchte ich von dir: bist du entschlossen,
Auf deinem Bleiben zu bestehn, oder dazu,
Mit uns zu fahren...?

PHILOKTET

Höre auf! Und sprich nicht weiter!
Vergebens nämlich wird, was du auch sagst, gesagt sein!

NEOPTOLEMOS

So bist du denn entschlossen?

PHILOKTET

Wisse es: Noch fester als ich es sagen kann!

NEOPTOLEMOS

Nun gut! Zwar hatte ich gewünscht, daß du
Dich überzeugen läßt durch meine Worte,
Doch, wenn ich ungelegen rede, hör' ich auf.

PHILOKTET

Ja, denn du wirst alles vergebens sagen!
Nie wirst du meinen Sinn für dich gewinnen,
Der du mit Listen mir das Leben raubtest
Und dann daherkommst und mir raten willst,
Des besten Vaters hassenswerter Sohn! –
Zugrunde geht! Zuerst die Atreus-Söhne,
Dann des Laërtes Sohn und du...

NEOPTOLEMOS

Fluche nicht weiter!
Empfange hier aus meiner Hand den Bogen!

PHILOKTET

Wie das? Soll ich ein zweites Mal betrogen werden?

NEOPTOLEMOS

Ich schwöre: nein! bei Zeus' des Höchsten
heiliger Macht!

PHILOKTET

O liebstes Wort – wenn du die Wahrheit sprichst!

NEOPTOLEMOS

Die Tat wird es beweisen! – Strecke denn
Die rechte Hand aus und – sei deines Bogens Herr!

ODYSSEUS

noch hinter der Szene

Und ich verbiete es – die Götter sind mir Zeugen! –
Im Namen der Atriden und des ganzen Heers!

PHILOKTET

Kind, wessen Stimme? – War das nicht Odysseus,
Den ich vernahm?

ODYSSEUS

hervortretend

Ja, allerdings!
Und siehst ihn hier, der ich dich in das Feld
Von Troja schaffen werde mit Gewalt,
Ob es der Sohn Achills will oder nicht!

PHILOKTET

spannt den Bogen auf Odysseus

Doch nicht zu deiner Freude, wenn der Pfeil hier trifft!

NEOPTOLEMOS

fällt ihm in den Arm

Ah, niemals, bei den Göttern! Schieß nicht ab den Pfeil!

PHILOKTET

Laß' meine Hand los, bei den Göttern, liebstes Kind!

NEOPTOLEMOS

Ich laß nicht los!

Odysseus ab

PHILOKTET

O weh! was hast du mir

Den Mann, den feindseligen, den verhaßten
Verwehrt, daß ich ihn tötete mit meinem Bogen!

NEOPTOLEMOS

Doch wäre das für mich und auch für dich nicht gut!

PHILOKTET

Nun, eines wisse, daß die Ersten in dem Heer,
Diese verlognen Abgesandten der Achaier,
Feig vor der Lanze sind und nur im Reden keck!

NEOPTOLEMOS

Nun gut! du hast den Bogen, und so ist
Kein Grund zu zürnen noch zum Vorwurf gegen mich!

PHILOKTET

So ist's! Du hast die edle Art bewiesen, Kind,
Der du entstammst: nicht einem Sisyphos als Vater,
Nein, dem Achilleus, der, als er noch war,
Unter den Lebenden den schönsten Ruhm
Besaß wie jetzt bei den Gestorbenen.

NEOPTOLEMOS

Es freut mich, daß du meinen Vater preist
Wie auch mich selbst. Doch was ich wünschte, daß
Ich es von dir erlangte: hör es an! –
Die Schicksale, die von den Göttern sind gegeben,
Die müssen Menschen notgedrungen tragen.
Doch wer da pocht auf seine selbstgewählten Leiden
Wie du, mit dem wird man nicht Nachsicht haben
Gerechterweise, noch ihm Mitleid schenken.
Du bist verhärtet, duldest keinen Ratgeber,
Und spricht dir jemand zu und meint es gut,
Verabscheust du ihn, siehst in ihm den ärgsten Feind.
Und dennoch rede ich – und rufe Zeus, den Gott des Eides –,
Und du verstehe dies und schreibe es dir in den Sinn,
Du krankst an diesem Leiden durch göttliche Schickung,

Nahtest der Wächterin, der Nymphe Chryse,
Der Schlange, die dort als verborgne Hüterin
Das offen daliegende Heiligtum bewachte.
Und Ruhe, wisse, wirst du von dem
schweren Leiden
Erlangen nie, solange diese Sonne
Dort aufgeht und dort drüben untergeht,
Bevor du nicht aus freien Stücken selbst
In das Gebiet von Troja kommst und dort
Bei uns, den Söhnen des Asklepios begegnend,
Geheilt wirst von der Krankheit und sodann
Als der Mann dastehst, der die Burg von Troja
Mit diesen Pfeilen und mit mir zerstörte.
Woher ich weiß, daß dies so ist: ich sag es dir.
Da ist ein Mann bei uns aus Troja, den man fing,
Der beste von den Sehern: Helenos. Der sagte klar,
Es müsse dies geschehn, und überdies:
Es sei notwendig, daß noch diesen Sommer
Troja genommen werde ganz und gar, und willig
Bietet er an, daß man ihn töten möge,
Wenn er mit diesem nicht die Wahrheit sage.
Da du nun dieses weißt, gib nach aus freiem Willen!
Ein schöner Zugewinn ist es, als Bester
Einzig erlesen unter den Hellenen,
Zuerst zu kommen in heilende Hände
Und dann das vielumstöhnte Troja
Zu nehmen und den höchsten Ruhm davonzutragen.

PHILOKTET

Verhaßtes Leben! was hältst du mich fest hier oben
Im Lichte, und läßt mich nicht los, daß ich
Eingehe in das Totenreich! – O mir!
Was soll ich tun? Wie kann ich dieses Mannes Worten
Mißtrauen, der mir wohlgesinnt geraten hat?

So soll ich also nachgeben? – Doch wie,
Ich Unglücklicher, wenn ich dieses tue,
Tret' ich dann noch ins Licht? Wer wird mit mir
Noch sprechen? Wie, ihr meine Augen,
Die ihr seht all die Dinge um mich her,
Werdet ihr dies ertragen: mit den Atreus-Söhnen
Zusammen ich, die mich vernichtet haben?
Zusammen mit dem Allverderber, dem Odysseus?
Denn nicht der Schmerz um das, was war, beißt
mich so sehr,
Nein, was für Dinge ich noch dulden muß durch sie,
Mein' ich vorauszusehen. Denn bei welchen Menschen
Die Sinnesart zur Mutter wird von schlimmen Dingen,
Da zieht sie weiter schlimme Dinge auf.
Jedoch bei dir auch nimmt mich dieses wunder.
Niemals solltest du selbst nach Troja gehen
Und mich vielmehr abhalten, wo sie doch
Dir Unrecht taten und des Vaters Waffen raubten.
Und du gehst hin und willst für solche Männer
streiten,
Und nötigst gar auch mich dazu?
Nicht so, mein Kind! Nein, wie du mir hast
zugeschworen,
So bringe mich nach Hause! Bleibe selbst in Skyros,
Und elend laß' zugrunde gehn die Elenden!
Zweifachen Dank wirst du dir so bei mir erwerben,
Zwiefachen bei dem Vater, und wirst nicht
Dadurch, daß du den Schlechten Hilfe leistest,
Den Schlechten gleichgeartet scheinen!

NEOPTOLEMOS

Begreiflich, wie du sprichst! Doch wollte ich,
Daß du den Göttern wie auch meinen Worten
trautest
Und mit mir, deinem Freunde, zögst aus diesem Land!

PHILOKTET

O ja! ins Feld vor Troja, zu des Atreus
Verhaßtem Sohn, mit diesem armseligen Fuß!

NEOPTOLEMOS

Zu denen vielmehr, die dir dieses Bein voll Eiter
Vom Schmerz befrein, dich von der Krankheit
heilen werden!

PHILOKTET

Du Lobredner des Schlimmen, Schaurigen! was
rätst du da!

NEOPTOLEMOS

Was dir wie mir zum Besten, denke ich, gedeihen wird!

PHILOKTET

Das sagst du, ohne dich zu schämen vor den Göttern?

NEOPTOLEMOS

Warum sich schämen, wenn man Nutzen schafft?

PHILOKTET

Nutzen den Atreus-Söhnen? oder sprichst du so von mir?

NEOPTOLEMOS

Von dir: Dein Freund bin ich, und dem entspricht
mein Wort!

PHILOKTET

Wie das? wo du den Feinden mich preisgeben willst?

NEOPTOLEMOS

O Lieber! laß dich doch belehren, daß du dich
In deinem Unglück nicht versteifst!

PHILOKTET

Du willst
Verderben mich – ich kenne dich! – mit deinen Reden!

NEOPTOLEMOS

Nein doch! gewiß nicht! doch ich sage, du
begreifst nicht!

PHILOKTET

Weiß ich nicht, wie die Atreus-Söhne mich verstießen?

NEOPTOLEMOS

Verstießen sie dich, so sieh zu, ob sie
Nicht wiederum dich retten wollen!

PHILOKTET

O daß ich niemals freiwillig dies Troja sähe!

NEOPTOLEMOS

Was soll ich weiter tun, wenn ich mit Reden
In nichts dich überzeugen kann, was ich auch sage?
Am leichtesten für mich: ich geb' das Reden auf
Und du lebst weiter, wie du jetzt lebst, ohne Rettung!

PHILOKTET

Laß mich das dulden, was ich dulden muß!
Doch, was du mir versprachst – und du nahmst meine Hand –
Mich heimzuführen, leiste mir das, Kind
Und zögre nicht, erinnre mich nicht mehr
An Troja. Lang genug beklagt ich es in Trauerliedern.

NEOPTOLEMOS

Scheint's dir gut, so gehen wir!

PHILOKTET

Edles Wort, das du da sprachst!

NEOPTOLEMOS

umfaßt und stützt ihn

Setze fest nun deinen Fuß auf!

PHILOKTET

Wie es meine Kraft erlaubt.

NEOPTOLEMOS

Doch wie meide ich den Schuldspruch der Achaier?

PHILOKTET

Sorge nicht!

NEOPTOLEMOS

Aber wie, wenn sie mein Land verwüsten?

PHILOKTET

Dann steh' ich dir bei!

NEOPTOLEMOS

Welche Hilfe kannst du bringen?

PHILOKTET

Mit des Herakles Geschossen...

NEOPTOLEMOS

Wie?

PHILOKTET

... halt ich sie fern!

NEOPTOLEMOS

So küsse
hier den Boden noch und geh!

Während sie sich zum Gehen wenden, erscheint auf der Höhe:

HERAKLES

Noch nicht! bevor du von mir noch ein Wort
Gehört hast, du, des Poias Sohn!
Denn wisse, die Stimme des Herakles,
Sie tönt dir im Ohr,
Und ihn siehst du vor dir von Angesicht.
Um deinetwillen verließ ich den Sitz
In den Höhen des Himmels und kam herab,
Um dir kundzutun die Beschlüsse des Zeus
Und den Weg zu verhindern, zu dem du dich
Aufmachst! – Hör' meine Worte an!
Zuerst will ich von meinen Schicksalen dir sagen:
Mit wieviel Mühen ich mich habe abgemüht
Und sie durchschritten bis ans Ende: bis
Mich meine Stärke zur Unsterblichkeit erhob,
In der es dir erlaubt ist, mich zu sehen.
Auch dir gebührt – das wisse! – daß dir dies
Geschieht! Daß dir aus diesen deinen Leiden
Ein Leben voll des höchsten Ruhms erwächst.

Wenn du gekommen bist mit diesem Mann
auf Neoptolemos weisend
Zur Stadt der Troer, so wirst du zuerst
Befreit von deiner bittren Krankheit werden,
Sodann, an Tapferkeit erlesen als
Der Erste in dem Heer, wirst du den Paris,
Der schuld an allen diesen Übeln war,
Mit diesen meinen Pfeilen da ums Leben bringen,
Wirst Troja nehmen und die Siegesbeute –
Das Beste dir auswählen vor dem Heer –
In deine Häuser deinem Vater Poias schicken
Zu eures heimatlichen Öta Flur.
Und was an Beutestücken du vom Heer empfingst,
Das schaffe zur Erinnerung an meinen Bogen
An jenen Platz am Öta, wo man einst
Mich auf dem Scheiterhaufen hat verbrannt. –
Und dir, Sohn des Achilleus, rat ich dies, –
Denn weder du kannst Troja ohne diesen Mann
Einnehmen, noch kann er es ohne dich. –
Nein, wie ein Paar von Löwen, die gemeinsam jagen,
Wacht über euch: er über dich, du über ihn.
Ich aber werde den Asklepios,
Daß er dich von der Krankheit heilt, nach
Ilion schicken.
Zum zweiten Mal ist dieser Stadt bestimmt,
Daß sie durch meinen Bogen fällt. – Doch dieses prägt
Euch in den Sinn, wenn ihr das Land zerstört,
Daß ihr die rechte Scheu wahrt vor den Göttern.
Denn alles andre steht für Vater Zeus
An zweitem Platz. Jedoch die rechte Scheu
Stirbt mit den Menschen nicht, und ob sie leben,
Ob sterben: sie geht nicht zugrunde.

PHILOKTET

O der du ersehnten Laut mir schickst

Und mir nach so langer Zeit erscheinst!
Ich werde nicht ungehorsam sein
Den Worten, die du gesprochen.

NEOPTOLEMOS
Auch ich stimme damit überein.

HERAKLES
So zögert nicht lange und handelt jetzt!
Denn der Augenblick drängt, und – da! – der Wind
Fällt ein von hinten über das Heck!
Herakles verschwindet

PHILOKTET
So gehe ich denn und grüße das Land! –
Lebe wohl, du Felsdach, das mit mir gewacht!
Und ihr Nymphen der Quellen, der Wiesen,
Und tief drohender Wogenschlag an der Klippe des Meers,
Wo so oft mein Haupt in dem Winkel
Der Höhle benetzt ward vom Peitschen des Süd,
Wo so oft meiner Stimme Stöhnen
Des Hermes Gebirge im Widerhall
Mir zurückwarf, dem Unheil-Umstürmten.
Doch jetzt, ihr Quellen, du Trank des Apoll,
Verlassen wir, verlassen wir euch,
Die wir nie zu solcher Hoffnung gelangt!
Lebe wohl, o du Lemnos, du
Vom Meer umgebenes Land,
Und entsende mich mit guter Fahrt
Ohne Harm dorthin, wohin mich führt
Das große Geschick und der Freunde Rat
Und der Daimon, er, der alles zähmt,
Der auch dieses so vollendet hat.

CHOR

Gehn wir denn alle, allgesamt,
Nachdem wir gefleht zu den Nymphen des Meeres,
Als Beschützer der Fahrt uns zu kommen.

NOTIZEN ZUM PHILOKTET

VON WOLFGANG SCHADEWALDT

1. Der ›Philoktet‹, im Jahre 409 v. Chr. in Athen uraufgeführt, das heißt etwa im fünfundachtzigsten Lebensjahr des Dichters, ist, nach der ›Elektra‹ von etwa 413, das zweite Beispiel für den neuen Sophokleischen Altersstil: im Formalen eine größere Vielgestalt und Beweglichkeit der dramatischen und szenischen Mittel; Dialog jenes wirkliche Zueinander-Sprechen, das Sophokles selbst das »ethischste« und beste genannt hat; in der Handlung ein Geschehen, aus dem die Götter sich zurückgezogen haben, wo der Mensch sich über weite Strecken hin selbst überlassen bleibt und mit all seiner Klugheit, seinem vorbedachten Planen, doch nur erreicht, daß die Dinge sich rettungslos verwirren.

2. Wie die Sage von Philoktet erzählt, wurde er bei der Hinfahrt des Hellenenheeres nach Troja auf der Insel Chryse von einer Schlange gebissen und, da das Heer den von der eiternden Wunde ausgehenden Gestank nicht ertragen konnte, auf der Insel Lemnos ausgesetzt. Dort verbringt der wunde Mann jahrelang sein Leben. Doch besagt ein Orakel, daß nur er und sein Bogen die Eroberung Trojas bringen könnte. Und so entsendet man nach dem Tode des Achilleus eine Gesandtschaft, um den Heros nach Troja zu holen, der, durch die langen Leiden verbittert, zunächst jede Gemeinschaft mit dem Heer der Griechen von sich weist.

3. Diese Geschichte des Philoktet war vor Sophokles bereits in zwei nicht erhaltenen Tragödien von den Tragikern Aischylos und Euripides behandelt worden, deren besondere Gestaltung uns noch ein Bericht des Rhetors Dion von Prusa

aus dem ersten Jahrhundert der römischen Kaiserzeit (in dessen 52. Rede) erkennen läßt. Auch in den Tragödien des Aischylos und Euripides war die Handlung ein Trotzgeschehen: es galt, das Widerstreben des Philoktet gegen die Fahrt nach Troja zu überwinden. Bei Aischylos geschah dies offenbar ähnlich wie im ›Prometheus‹, seiner ›Achilleis‹ und seiner ›Niobe‹ durch eine Folge von mahnenden Zusprüchen anderer, die die für Aischylos charakteristische Versöhnung am Ende vorbereiteten. Bei Euripides, der seinen ›Philoktet‹ im Jahr 431 aufgeführt hat, gab es eindrucksvolle Diskussionen zwischen Abgesandten der Troer und der Griechen, das heißt, der national-hellenische und der allgemeinmenschliche Gedanke kamen bei der Umstimmung des Philoktet ins Spiel.

4. Wenn Sophokles den Stoff über zwanzig Jahre nach Euripides gestaltete, so stellte er die Handlung neu auf zwei Hauptmotive. Er machte einmal die Insel Lemnos zu einem unbewohnten, menschenleeren Eiland, auf dem der an der unheilbaren Wunde krankende Mann nun jahrelang als ein antiker Robinson elend genug sein Leben fristet. Sophokles schafft also eine Situation, in der das Leiden des Philoktet vermöge der Einsamkeit zum absoluten Leiden gesteigert ist. Das zweite entscheidende Motiv lag in der Einführung oder jedenfalls der betonten Ausgestaltung der Rolle des jungen Achilleus-Sohns Neoptolemos im Zusammenhang mit der Intrige, mit der Odysseus als Abgesandter des Heers vor Troja sich der Person und des Bogens des Philoktet bemächtigen will. Neoptolemos, in seinem Wesen als Sohn des Achilleus ganz auf Geradheit und Wahrheit gestellt, wird von Odysseus gegen sein besseres Wollen in die Intrige gegen Philoktet hineingezogen. Aus diesen Voraussetzungen entwickelt der Dichter die Handlung des Stückes als ein dramatisch höchst wirksames Spiel und Gegenspiel von Intrige

auf der einen Seite und Mitleid auf der anderen Seite. In gleichzeitiger Bewegung und Gegenbewegung wirkt der, zum Erstaunen erfolgreichen, Intrige in der Seele des Neoptolemos mehr und mehr die Macht des Mitleids mit Philoktet entgegen. Als er schließlich alles in der Hand hat: den Bogen, den Philoktet selber ihm gab, wie den Mann, der in lethargischem Schlaf befangen hilflos vor ihm liegt, ist er zugleich der durch Mitleid und frei dargebotenes Vertrauen Gebundene, Überwundene. Er wird auch gegen den Widerstand des Odysseus zu seiner eigenen Art, der unbedingten Wahrhaftigkeit zurückkehren, wird die Intrige von sich werfen, den Bogen dem Philoktet wiedergeben und auch bereit sein, ihn statt nach Troja in die Heimat zu geleiten.

5. Was nach allem in dem Stück des späten Sophokles heraufkommt, das ist der Gegensatz zweier Wirklichkeiten. Auf der einen Seite die Wirklichkeit des Krieges, der Zweckwelt der Politik mit ihren vertrackten skrupellosen Praktiken, und demgegenüber auf der anderen Seite die Welt des Leidens, des naiv vertrauenden Herzens, des einfachen Menschseins, der guten Natur. Die Seele des jungen Neoptolemos wird zum Kampffeld jener beiden Welten, wo redliches Gefühl, Rechttun und Wahrhaftigkeit sich schließlich als »das Bessere« den Dingen der »Klugheit« gegenüber erweisen (Vers 1246) und das Mitleid über die Intrige obsiegt, doch alles dies getragen von einer durchgehenden, grenzenlosen Bitterkeit.

6. Diese Bitterkeit spüren wir, trotz allem Ernst und aller Furchtbarkeit, noch nicht in den früheren Stücken des Sophokles: einem ›Aias‹, einer ›Antigone‹, einem ›König Ödipus‹ und selbst einer ›Elektra‹; sie ist, da sie auch den ›Ödipus auf Kolonos‹ erfüllt, wohl die besonders ausgeprägte Form jener Alters-Schwermut; die auch einem So-

phokles nicht erspart blieb. Im ›Philoktet‹ prägt diese Bitterkeit vor allem die Gestalt des von den Atreus-Söhnen und Odysseus grausam behandelten, verstoßenen Philoktet. Im besonderen dringt sie in der Szene herauf, in der Philoktet nach den Schicksalen der einzelnen Helden vor Troja fragt und von Neoptolemos erfahren muß, daß die Guten und Tüchtigen tot sind und die Schurken und Schwätzer wie Odysseus, Diomedes, Thersites leben (V. 405-460). Das gipfelt in dem harten Urteil des Neoptolemos über den Krieg: daß er »mit Vorliebe nicht den schlechten Mann hinweg nimmt, sondern die Tüchtigen stets« (V. 436). Noch bitterer das Urteil über korrupte Politik, die den Mitmenschen je nach ihren Zwecken abwechselnd als unerwünschtes oder erwünschtes Objekt behandelt: »wo der Minderwertige, der Gerissene über den Tüchtigen und Redlichen gestellt wird (V. 456f.), wo das Schlechte niemals zugrunde geht: nein, die Götter hegen und pflegen es mit Sorgfalt, und sie haben irgendwie ihre Freude daran, das Schurkige und Abgefeimte wieder aus dem Totenreich heraufzuholen; das aber, was gerecht und redlich ist, das – ein für allemal! – es muß hinweg« (V. 446ff.).

7. Es ist kaum zu überhören, wie dies alles aus der Handlung der Tragödie heraus und in die eigene Zeit des Dichters hinein gesprochen ist. Der Dichter nahm dabei das Seltsame in Kauf, daß Philoktet so von den einzelnen Helden spricht, als ob er selbst vor Troja mit dabei gewesen wäre, besonders deutlich in seinem Wort über Nestor (V. 421ff.). Und so wird man, ohne das Biographische zu strapazieren, doch gut tun, sich daran zu erinnern, wie Sophokles, der einst neben Perikles höchste Staatsämter innegehabt hatte, sich in seinem hohen Alter noch einmal in die praktische Politik hineinziehen ließ und im Jahr 413 als Probule Mitglied eines vorberatenden Zehner-Ausschusses geworden war. Jedoch

die oligarchische Revolution wandelte sich im Jahre 411 sehr bald zu einer Terror- und Gewaltherrschaft, und Sophokles mag sich, enttäuscht, nun selbst wie ein Mann auf einer einsamen Insel vorgekommen sein, den politische »Freunde« zu bedenklichen Zwecken zu mißbrauchen suchten. Auch an verdeckten, gezielten Spitzen fehlt es hier nicht, wie, deutlich greifbar, bei der Charakterisierung des Schwätzers Thersites (V. 442 ff.). In der Gestalt des Odysseus, der in diesem ›Philoktet‹ ein so ganz anderer als in dem frühen ›Aias‹ ist, mögen die Bilder der verschiedensten damals zum Unheil Athens wirksamen Politiker zusammengeflossen sein. – Wie tief die Verbitterung des Dichters in seinem hohen Alter gegangen ist, zeigt auch die verzweifelte Frage des Philoktet: » wie dies zu beurteilen, wie zu loben sei: wenn man, bereit, das Göttliche zu preisen, erkennen muß: die Götter, sie sind schlecht« (V. 452 f.).

Doch wie es mit dieser Aktualität – jedenfalls einer exemplarischen Aktualität – bestellt sei: ungemein sophokleisch erhebt sich in aller Bitternis eben doch die hoffnungsvolle Überzeugung von der Macht der Wahrhaftigkeit und einfachen Menschlichkeit, die den leidenden Philoktet mit dem jugendlichen Sohn des Achilleus verbindet – hoffnungsvoll, doch nicht unbedingt zuversichtlich. Denn die Menschen mögen in dem Stück auf der einen Seite intrigieren, auf der anderen Seite sich selber treu bleiben und wahrhaftig sein – alles ist schließlich ausweglos festgefahren. Mag Herakles, der alte Freund des Philoktet und nun Gott geworden, mit der göttlichen Weisung, nach Troja zu fahren und dort Ruhm zu gewinnen, die äußere Lösung bringen, so ist dies doch weit entfernt von einem glücklichen Ende. Unüberhörbar kommt am Schluß der Rede des Herakles die Warnung herauf: man sollte bei der Zerstörung der Stadt Troja »die rechte Scheu vor den Göttern wahren, denn die rechte Scheu stünde für Vater Zeus am ersten Platz, und sie stirbt mit den

Menschen nicht, sondern, ob sie leben, ob sterben, sie geht nicht zugrunde« (V. 1440). Der Zuhörer weiß, wie es dann später bei der Zerstörung Trojas gegangen ist, und wie selbst ein Neoptolemos bei dem grausamen Hinschlachten der Troer diese Scheu so wenig gewahrt hat wie die meisten anderen dieser Sieger.

ERGÄNZENDE NOTIZEN ZUM ›PHILOKTET‹ DES SOPHOKLES

VON HELLMUT FLASHAR

1. Es ist bemerkenswert, daß Sophokles den Stoff über 20 Jahre nach dem (jüngeren) Euripides bearbeitet hat, die Auseinandersetzung der beiden gleichzeitig lebenden Tragiker mit dem gleichen Stoff also keineswegs auf zeitlich eng anschließender Aktualität beruhen muß.

2. Ein Ausgegrenzter soll in die Gemeinschaft zurückgeführt werden. Es ist aber keine wirkliche Resozialisation, sondern der Versuch einer Rückholung nur nach Maßgabe des Nutzens im Kriege, wobei (scheinbare) Moral eingesetzt wird, um handgreifliche Ziele zu erreichen. »Der Auswurf der Gesellschaft soll zum Erlöser, der Aussätzige zum Nationalhelden werden« (Kott). Daß auf diesem Hintergrunde die Rückkehr des Philoktet in eine fragwürdige, ja geradezu verhaßte Gesellschaft das Schicksal des Dichters Sophokles widerspiegeln soll, der als Mitglied des 10-Männerkollegiums (Probulen) im Jahre 411 zur Etablierung der kurzlebigen Oligarchie in Athen beitrug und nun nach Wiederherstellung der Demokratie sich in die Gesellschaft wieder eingliederte, ist unwahrscheinlich. Gewiß, der ›Philoktet‹ ist auf den ersten Dionysien nach der Rückkehr zur Demokratie aufgeführt worden; aber die Aktualität im Schicksal des Philoktet läßt sich kaum – auch nicht autobiographisch – individualisieren.

3. Weder der Protagonist Philoktet noch Neoptolemos ist eine Identifikationsfigur im Sinne der ›Poetik‹ des Aristoteles. Für den athenischen Zuschauer war aber zweifellos die

eigentliche Überraschung die Einführung des Neoptolemos als des edlen, verführbaren, aber letztlich doch die Intrige abschüttelnden und nun wieder aufrichtigen Jünglings. Denn Neoptolemos war durch die epische Überlieferung (›Kleine Ilias‹), durch die Tragödie (vgl. Euripides, ›Hekabe‹ 522-570; ›Troerinnen‹ 1123 ff.) und durch die bildende Kunst (Brygosmaler, 1. Viertel des 5. Jhdts.) bekannt wegen seiner harten Grausamkeit bei der Eroberung von Troja. Er ermordete den greisen Priamos, stieß das Kind Astyanax, den Sohn Hektors, von einer Mauer, versagte der Mutter Andromache die Trauerriten und tötete als Opfer für seinen Vater Achill Polyxena, die Tochter des Priamos und der Hekabe. Diese Greueltaten (vom Brygosmaler alle gleichzeitig in einem Bild dargestellt) waren durch die Tradition im Athen des 5. Jhdts. lebendig. Umso auffallender ist, daß Sophokles den Charakter des Neoptolemos (den er erstmals in die Philoktethandlung einfügt) von dem Makel des Frevels ganz frei hält, ohne ihn zu einer technischen Marionette (wie man gemeint hat) zu machen. Dieses neue Bild von Neoptolemos hat immerhin Aristoteles so stark beeindruckt, daß er ausdrücklich unter Berufung auf die Tragödie des Sophokles das Ethos des Neoptolemos lobt (Eth. Nic. VII 3, 1146 a 19; VII 10, 1151 b 18), weil dieser aus Wahrheitsliebe nicht bei der Abmachung mit Odysseus bleibt. Der Tragiker Nikomachos aus der Troas (nicht identisch mit dem Dichter Nikomachos, der gegen Ende des 5. Jhdts. einmal Euripides besiegt hat) hat dann in seiner (verlorenen) Tragödie ›Neoptolemos‹ wohl wieder die epische Tradition neu gestaltet. Vergil betont in der Aeneis (II 548 f.) jedenfalls die »tristia facta« des »degenerierten Neoptolemos« (degeneremque Neoptolemum).

4. Die klaren Formulierungen des Sophokles gestatten eine medizinische Anamnese und Diagnose der Wunde des Philoktet. Der Schlangenbiß äußert sich in folgenden Symptomen: starke, fast unerträgliche Schmerzen (Vers. 5-11), faulender Eiter (Vers. 38f.), Blutungen (Vers 697f.; 784), periodisch in Anfällen auftretendes Fieber (Vers 746). Die Differentialdiagnose wäre: chronische bakterielle, tiefsitzende Infektion (Mycetoma pedis oder carcinoma cuniculatum). »Dieser süßliche und stickige Eitergestank, den jeder von uns, der einmal, und sei es kurz, in einem Kriegslazarett war, zeitlebens behält, begleitet Philoktet von den ersten bis zu den letzten Versen des Dramas« (Kott). Hinzu kommt die Verletzung am Altar mit chronisch infektiöser Krampfadergeschwulstbildung. Sophokles war Priester eines Heilheros mit dem Namen Amynos. Als Priester dieses Heilheros hat er, als im Jahre 419/8 der Asklepioskult in Athen begründet wurde, den Heilgott zu sich aufgenommen, solange dieser noch keinen eigenen Kultbezirk (Asklepieion) besaß, und ihm einen Altar errichtet.

5. Herakles tritt am Schluß im bühnentechnischen Sinne als deus ex machina auf, erfüllt aber nicht die sonst mit diesem Kunstgriff verbundene Funktion, ein wirres menschliches Geschehen zu ordnen und zum Guten zu wenden. Herakles ist Paradigma für Philoktet. Er ist Mensch gewesen und hat leiden müssen wie Philoktet. Von ihm hat Philoktet den Bogen als Symbol der Freundschaft erhalten. Nur durch einen wirklichen Freund kann Philoktet wieder nach Troja kommen und seine Würde bewahren, die er verloren hätte, wäre er Odysseus (bzw. Neoptolemos) gefolgt. Der Plan des Odysseus ist doppelt gescheitert. Ohne den Auftritt des Herakles wäre er dem Neoptolemos in die Heimat gefolgt; den Weg nach Troja (der im Mythos vorgegeben ist) bestimmt jetzt nicht Odysseus, sondern Herakles. Aber es ist

kein Weg »vom Unglück in Glück« (die schematischen Kategorien der ›Poetik‹ des Aristoteles, Kap. 13, sind nicht anwendbar), sondern ein ambivalenter Schritt in eine von Mythos vorgezeichnete grausige Zukunft, die in krassem Gegensatz zur Mahnung des Herakles steht, bei der Eroberung Trojas »die rechte Scheu« (Vers 1442) zu bewahren.

VORSTUFEN, DRAMA UND WIRKUNGSGESCHICHTE

VON HELLMUT FLASHAR

FRÜHGRIECHISCHES EPOS: Philoktet ist eine Gestalt des troischen Sagenkreises; seine Geschichte ist offenbar schon in vorhomerischer (mündlicher) Epik erzählt worden. Homer erwähnt ihn und sein Schicksal in der ›Ilias‹ nur einmal, in dem sog. Schiffskatalog (2, 716-728); zwei kurze Erwähnungen in der ›Odyssee‹ (3, 190; 8, 219 f.) betreffen Einzelheiten. Die sog. kyklischen Epen haben die Sage im ganzen dargestellt und möglicherweise weiterentwickelt. Nimmt man die wenigen Hinweise und Anspielungen zusammen, ergibt sich folgende epische Fassung des Mythos.

Philoktet, ein hervorragender Bogenschütze, der mit sieben Schiffen an dem Zug gegen Troja teilnahm, wurde auf der Troja vorgelagerten Insel Tenedos, wo die Griechen zuerst an Land gingen (nach anderer epischer Überlieferung auf Lemnos selbst; in der Tragödie auf der Insel Chryse), während eines Mahles von einer Wasserschlange am Fuß gebissen. Es bildete sich ein eiterndes, schwärendes Geschwür, das entsetzlich stank. Außerdem schrie Philoktet so laut vor Schmerzen, daß er seine Gefährten bei Opfer und Gebeten störte. Daher wurde er, offenbar nach einem Plan des Odysseus, von diesem selbst auf der benachbarten Insel Lemnos ausgesetzt, wo er zehn Jahre in Leid und Einsamkeit verbrachte. Nach dem Tod des Aias (also nach der Ilias-Handlung) waren die griechischen Heerführer entmutigt und im Zweifel, ob sie Troja noch einnehmen könnten. Der troische Seher Helenos, den Odysseus in einem Hinterhalt abgefangen hatte, weissagt, die Eroberung Trojas könne nur mit Hilfe Philoktets und seines von Herakles stammenden Bogens gelingen. Daraufhin holt Diomedes (im Auftrag der Griechen) Philoktet von Lemnos in das Lager der Griechen zurück. Er wird durch den Arzt Machaon geheilt und tötet im Zweikampf Paris (Alexandros), der den Achill getötet hatte.

Der Kern des Mythos ist demnach die hartherzige Behandlung eines tapferen, aber kranken Gefährten, der später wider Erwarten unentbehrlich wird.

LYRIK: Die Lyriker (Pindar und Bakchylides) folgen im wesentlichen der epischen Überlieferung. Bei Pindar (Pyth. 1, 50-57) wird die Geschichte des kranken und dann doch geheilten Philoktet zu einem mythischen Paradigma für den kranken Hieron; Bakchylides (Frgm. 7 Snell) hat die Philoktetgeschichte in einem Dithyrambos gestaltet.

GRIECHISCHE TRAGÖDIE

AISCHYLOS, ›Philoktet‹. Aus nur wenigen wörtlich überlieferten Fragmenten und dem Bericht des Dion Chrysostomos läßt sich das Drama in den Grundzügen rekonstruieren, wenn auch gravierende Unsicherheiten bestehen bleiben. Entstehungszeit: zwischen 484 und 473. Der Schauplatz ist die Insel Lemnos; der Chor besteht aus 12 Lemniern. Personen: Philoktet und Odysseus; ob daneben noch eine dritte Person auftrat, ist unsicher, eher unwahrscheinlich. Daß das Stück ohne Prolog sogleich mit der Parodos des Chors begann (wie die ›Hiketiden‹), ist eine ganz unwahrscheinliche Annahme. Vermutlich Prolog des Philoktet mit Anrufung der Heimat (Frgm. 249 Radt) und Charakterisierung der Lage (Frgm. 250 Radt). Dann Parodos. Danach wohl Auftritt des Philoktet, der dem Chor seine Leidensgeschichte erzählt. Sodann informiert der Chor Philoktet, daß Griechen auf der Insel gelandet sind. Direkte Konfrontation: Odysseus-Philoktet. Dieser erkennt Odysseus nach 10 Jahren der Einsamkeit zunächst nicht. Daher Lügengeschichten des Odysseus: Agamemnon sei tot, das Heer vor Troja fast ganz aufgerieben, Odysseus selbst zugrunde gegangen. Gleichwohl sträubt sich Philoktet, der Aufforderung Folge zu leisten, zu den Griechen zurückzukehren. Erneuter Anfall der Krankheit; Philoktet im Delirium. Odysseus benutzt die Gelegenheit, sich den (von Herakles stammenden Bogen) des Philoktet anzueignen. Danach Drohungen und Versprechungen des Odysseus, der sich nun dem Philoktet zu erkennen gibt. Philoktet gibt nach und zieht nach Troja mit. Der Schluß der Tragödie läßt sich nicht mehr rekonstruieren.

Die entscheidende Änderung des Aischylos gegenüber der epischen Fassung ist die Ersetzung des Diomedes durch Odysseus. Diomedes verkörperte wie Achill und Aias das alte Heroenideal; in Odysseus trifft derjenige Vertreter der List und Überredungskunst mit Philoktet zusammen, der für die Aussetzung überhaupt verantwortlich ist.

Die Intrige des Odysseus ist aus den Lügengeschichten der homerischen ›Odyssee‹ entwickelt mit der besonderen Nuance, daß bei Aischylos Odysseus als unaufrichtiger Lügner listig und verschlagen, wenn auch nicht moralisch völlig minderwertig erscheint.

EURIPIDES, ›Philoktet‹, aufgeführt 431 als zweites Stück einer Trilogie, deren erstes Stück die ›Medea‹ ist, also 22 Jahre vor dem ›Philoktet‹ des Sophokles. Euripides kombiniert die epische und die aischyleische Version, indem er Diomedes und Odysseus auf der Insel Lemnos vor Philoktet auftreten läßt, wobei aber Diomedes eine ganz untergeordnete Rolle spielt. Rekonstruktion der Tragödie ist bis zu einem gewissen Grad aus Nachrichten und Fragmenten möglich, bleibt aber unsicher. Die folgende Darstellung stützt sich auf die Analyse von C. W. Müller.

Prolog: Monolog des Odysseus, der die Unternehmung nach Lemnos anführt aufgrund eines Orakels, das er von dem troischen Seher Helenos erhalten hat. Athena ist ihm im Traum erschienen und hat ihm Erfolg versprochen. Sie hat Gestalt und Stimme des Odysseus verwandelt, um ihn vor Philoktet unkenntlich zu machen. Euripides vermeidet damit die Unwahrscheinlichkeit des Aischylos, wonach Philoktet den Odysseus nicht erkennen soll, muß aber eine Art ›Wunder‹ in Kauf nehmen. Allgemeine Reflexionen des Odysseus über Ruhm und Erfolg. Am Schluß des Prologs wohl: Ankündigung einer troischen Gesandtschaft, die ebenfalls nach Lemnos kommt, um Philoktet zu holen. Dieses neu eingeführte Motiv ist Erfindung des Euripides. Parodos: Auftritt des Chores, der (wie bei Aischylos) aus Lemniern besteht. 1. Epeisodion: Auftritt des Hirten Aktor (von Euripides neu eingeführt), der sich um Philoktet kümmert und nun den Chor (und die Zuschauer) über die Lebensbedingungen des Philoktet informiert. 2. Epeisodion: Begegnung: Odysseus-Philoktet, der sofort den Bogen auf Odysseus anlegt. Trugrede des Odysseus, der sich als Freund des Palamedes und damit als angebliches Opfer des Odysseus ausgibt. Antwort des Philoktet, der sein Schicksal (Verwundung, Aussetzung, Hilfsbedürftigkeit) aus seiner Sicht berichtet. 3. Epeisodion: Auftritt der troischen Gesandtschaft, ob von Paris angeführt (Hektor war gefallen) unsicher, eher unwahrscheinlich. Angebot an Philoktet, nach Troja zu kommen; Macht und Reichtum werden ihm in Aussicht gestellt. Philoktet zeigt sich nicht völlig abgeneigt. Energische Rede des Odysseus (der sich noch nicht zu erkennen gibt). Betonung des Ehrenrührigen der Goldgeschenke aus Troja. Ausspielen der Hellenen-Barbaren (= Trojaner) – Antithese. Philoktet ist bereit, seinem angeblichen Freund zu folgen. Daß er auf das Schiff des Odysseus geführt wird (wohin er unter keinen Umständen gelangen will), ahnt er nicht. Erneuter Anfall und Ausbruch der Krankheit des Philoktet, der sich in seine Höhle zurückzieht. Odysseus gelangt in den Besitz des Bogens; in welcher

Form (Übergabe durch Philoktet, Nötigung oder Diebstahl) bleibt unklar. Er reicht den Bogen an Diomedes weiter, der durch einen rückwärtigen Eingang in die Höhle gelangt ist. 4. Epeisodion: Diomedes tritt auf und informiert über die Vorgänge in der Höhle. Philoktet kommt klagend aus der Höhle, ebenso Odysseus, nun wieder in seiner wahren Gestalt und von Philoktet erkannt. Auseinandersetzung: Philoktet-Odysseus. Der Chor stellt sich auf die Seite des Odysseus; dieser spielt seine Überlegenheit aus und nötigt den erneut tief gekränkten und ohne den Bogen wehrlosen Philoktet unter Hinweis auf patriotische Verpflichtung und göttliche Weisung (Helenos-Orakel) zur Rückkehr. Ob am Ende Athena als dea ex machina auftrat ist unsicher, wenn nicht unwahrscheinlich. Jedenfalls gibt sich Philoktet am Schluß dazu her, das zu tun, was er eigentlich nicht will.

Die Tragödie des Euripides ist auf die Antithetik des doppelt betrogenen Philoktet und des skrupellosen Erfolgsmenschen Odysseus konzentriert; Aktor und Diomedes sind Nebenrollen, das Auftreten der troischen Gesandtschaft auf eine Szene beschränkt.

SOPHOKLES, ›Philoktet‹, aufgeführt 409. Die wichtigsten Neuerungen: Wegfall der Figur des Diomedes, die in allen früheren Fassungen vorkam; Lemnos als unbewohnte Insel, daher der Chor nicht aus Lemniern bestehend, sondern aus der Schiffsbesatzung des Neoptolemos. Einführung des Neoptolemos als Vermittler der Intrige des Odysseus. Herakles als deus ex machina. Überblick:

I. DIE MACHT DES VERSTELLTEN WORTES (1-675)

1-134: Prolog: Odysseus und Neoptolemos auf Lemnos.

135-218:	Parodos: Chor der Schiffsleute. Chor-Neoptolemos.
219-675:	1. Epeisodion: Neoptolemos-Philoktet. Beginn der Intrige, die Odysseus aus der Ferne lenkt. Philoktet und Neoptolemos in der Höhle.
676-729:	1. Stasimon: Die Leiden des Philoktet.

II. DER AUSBRUCH DER WAHRHEIT (730-1080)

730-826:	2. Epeisodion: Verzögerung. Neuer Ausbruch der Krankheit. Übergabe des Bogens.
827-864:	1. Kommos (statt des 2. Stasimon): Chor-Neoptolemos. Neue Stufe der Intrige. Der Chor als Werkzeug des Odysseus. Zögern des Neoptolemos.
865-1080:	3. Epeisodion: Erwachen des Philoktet. Aufgabe der Intrige durch Neoptolemos. Eingreifen des Odysseus.

III. OHNMACHT DES WORTES (1081-1471)

1081-1217:	2. Kommos (statt des 3. Stasimon): Weigerung des Philoktet.
1218-1471:	Streit: Odysseus-Neoptolemos. Bogenrückgabe. Herakles als deus ex machina.

Sophokles hat auch einen ›Philoktet in Troja‹ geschrieben, von dem 8 kurze Fragmente erhalten sind. Er behandelte die Fortsetzung des erhaltenen Dramas, also die Heilung des Philoktet und die Tötung des Paris. Unter den Fragmenten das schöne, von Philoktet gesprochene Wort vom Tod als »letztem Arzt der Krankheiten« (Frgm. 698 Radt).

Auch einige andere Tragiker des ausgehenden 5. und 4. Jahrhunderts haben einen ›Philoktet‹ geschrieben. Von Philokles I. und Antiphon (der von Dionys I. hingerichtet wurde) ist nur der Titel überliefert; von Achaios (wohl noch 5. Jhdt.) ist ein Fragment von 4 Zeilen erhalten, in dem Agamemnon zur Eile mahnt, der Schauplatz also offenbar Troja ist. Einer der berühmtesten Tragödiendichter des 4. Jhdts., Theodektes, hat einen ›Philoktet‹ verfaßt. Das einzige erhaltene Fragment (nur 4 Wörter) zeigt, daß bei Theodektes die Wunde durch den Schlangenbiß nicht am Fuß, sondern an der Hand war. Philoktet, durch Schmerzen gepeinigt, wünscht, daß man ihm die Hand abschlägt (TrGF 72, Frgm. 5 b). Diese offenbar sehr wirksame Änderung gegenüber der traditionellen Fassung muß weitreichende Folgerungen für die Struktur der Handlung und der Argumentation nach sich gezogen haben. Denn Philoktet konnte nun den Bogen nicht mehr benutzen, mit dem allein er sich bei Aischylos, Euripides und Sophokles Nahrung verschafft. Also muß jemand (der Hirte Aktor?) ihn ernährt haben (nutrivit, Hygin, Fab. 103). Auf der anderen Seite war Philoktet beweglicher und dadurch in seiner ganzen Erscheinung würdevoller, zugleich aber auch ungefährlicher. Aristoteles erwähnt in der ›Nikomachischen Ethik‹ unter Hinweis auf die Tragödie des Theodektes Philoktet als Beispiel eines Menschen, der lange Zeit beherrscht ist und schließlich von Schmerz überwältigt wird (VII 8, 1150 b 6-10), also das Urbild des edlen Dulders.

Im Jahre 1977 sind einige Papyrusfetzen aus einem ›Philoktet‹ eines unbekannten Tragikers vermutlich des 4. Jhdts. veröffentlicht worden (POxy. 3216). Abdruck in: Tragicorum Graecorum Fragmenta (TrGF) II Adespota F 654. Der Schauplatz ist hier Troja; es ist von einem alten und einem neuen Orakel hinsichtlich der Eroberung Trojas die Rede. Offenbar tritt Agamemnon auf. Nähere Einzelheiten lassen sich nicht ermitteln.

Wohl im Sinne von Mythenparodien ist ›Philoktet‹ auch als Titel einiger Komödien überliefert, so von Epicharm in Sizilien (1. Hälfte des 5. Jhdts., also noch vor den Philoktet-Tragödien!), Antiphanes (4. Jhdt.) und Strattis (um 400). Die wenigen Fragmente lassen aber keine Rückschlüsse auf den Inhalt der Stücke zu.

HELLENISTISCHE GESCHICHTSSCHREIBUNG

TIMAIOS (ca. 350-250 v. Chr.). Der sizilische Geschichtsschreiber hat wahrscheinlich in seiner großen Geschichte des griechischen Westens (einschließlich Unteritaliens) aus lokalen Quellen den Philoktet-Mythos durch die Schilderung des Aufenthaltes Philoktets in Italien verlängert. Danach sei Philoktet nach der Eroberung Trojas und allerlei Abenteuern nach Italien gekommen. In der Nähe von Kroton habe er die Stadt Makalla gegründet. Den Bogen mit den Pfeilen habe er im Tempel des Apollons Alaios dem Gott geweiht. Er soll noch an Kämpfen teilgenommen haben und sei in der Gegend von Kroton gestorben. Am Fluß Sybaris soll er begraben sein und bei den Sybariten in Ehren stehen. – Für die Darstellung dieser Mythenverlängerung läßt sich Timaios als Autor erschließen aus Ps.-Aristoteles, Mirabilia 107 und Lykophron, ›Alexandra‹ 911-950.

HELLENISTISCHE DICHTUNG

EUPHORION, ›Philoktet‹. Es handelt sich um ein Epyllion (kleines Epos) dieses aus Chalkis auf Euboia stammenden Dichters des 3. Jhdts. v. Chr., der eine besondere Vorliebe für entlegene Mythen hatte. Die einzigen erhaltenen 5 Verse (Nr. 48 bei B. A. v. Groningen, Euphorion, 1977, 113-116) handeln von dem Tod durch Ertrinken bei einem Schiffbruch, den »der Sohn des Dolopion« erleidet. Nach Hygin, Fab. 102 ist dies Iphimachos, offenbar der Hirte, der Philoktet auf Lemnos versorgt hat. Er entspricht dem Hirten Aktor bei Euripides. Nach der Tradition, der Euphorion und später Hygin folgen, ist Aktor der König der Insel, dessen Hirte Iphimachos ist (Hygin: pastor regis Actoris nomine Iphimachus). Als Inhalt des Epyllion des Euphorion läßt sich erschließen: Aussetzung des Philoktet auf Lemnos; das Leben des Philoktet auf Lemnos, unterstützt durch den Hirten Iphimachos. Rückholung durch Odysseus und Eroberung Trojas; auf dem Rückweg Schiffbruch bei Euboia und Verlust des Hirten Iphimachos, der Philoktet begleitet hatte; schließlich (Frgm. 49 v. Groningen) Ankunft in Italien; Gründung eines Heiligtums für Apollon, dem Philoktet auch den Bogen weiht; Kämpfe, Tod in der Gegend von Kroton und Thurioi. Das Ganze ist eine epische Darstellung von Leben, Leiden und Tod des Philoktet.

RÖMISCHE TRAGÖDIE

ACCIUS, ›Philocteta‹. Der 170 v. Chr. geborene Dichter war zugleich ein gelehrter Literat, der zahlreiche Stoffe aus dem troischen Sagenkreis seinen Tragödien zugrunde legte. Sein ›Philocteta‹, von dem 22 meist kürzere Fragmente erhalten sind (O. Ribbeck, Tragicorum Romanorum Fragmenta, 2. Aufl.. 1871, p. 203-210), behandelt den gleichen Ausschnitt aus dem Philoktet-Mythos wie die drei attischen Tragiker, also das Schicksal des auf Lemnos ausgesetzten Philoktet, die Gesandtschaft des Odysseus und die Rückholung des Philoktet. Dabei scheint sich Accius relativ eng an die Version des Euripides angelehnt zu haben, da der Auftritt einer Delegation der Troer (Phryger) bezeugt ist (Frgm. 17). Aber auch sophokleische Motive sind aufgegriffen. Den Anfang des ›Philocteta‹ bildet eine feierliche Anrede an Ulixes (Frgm. 1), wohl nicht durch den Chor, (wie weithin angenommen wurde), sondern wahrscheinlich durch Minerva (Athene), die als Schutzgöttin des Ulixes (Odysseus) diesen auf Lemnos begrüßt (so C.W. Müller 1997). Während bei Euripides Athena nur als Traumbild des Odysseus in dessen Bericht erscheint, tritt die Göttin bei Accius als Dramenfigur auf. Sie ist es dann wohl auch, die anschließend für Ulixes die topographischen Besonderheiten der Insel schildert (Frgm. 2). Die folgenden Fragmente (3-9) sind einem Dialog zwischen Minerva und Ulixes zuzuordnen, in dem Minerva Ulixes über den Zustand und die Lebensbedingungen Philoktets unterrichtet. Accius bleibt bei der traditionellen Version, wonach der Schlangenbiß am Fuß erfolgte, da Philoktet als bewegungsunfähig dargestellt wird (Frgm. 5). Mit seinen Pfeilen, die wundersamerweise zu ihm zurückkehren (Frgm. 9), erlegt er ausschließlich Vögel, aus deren Federn seine Kleidung besteht (Frgm. 10). Sodann kommt es zu einem direkten Zusammentreffen zwischen Philoktet und dem zunächst unerkannt bleibenden Ulixes (Frgm. 13-16). Philoktet hat dann lebhaft seine Leiden geschildert und es kam auch bei Accius zu einem Krankheitsanfall auf offener Bühne (Frgm. 19) wie bei Sophokles, aber offenbar nicht bei Euripides; ferner muß Odysseus in diesem Zusammenhang in den Besitz des Bogens gekommen sein. Die Weigerung des Philoktet, zu Schiff ins Griechenlager zu folgen, ist bei Accius pathetisch ausgemalt (Frgm. 20). Dann der Auftritt der troischen Gesandtschaft mit dem Angebot verlockender Geschenke, falls Philoktet ihr folgte. Die Phryger haben zunächst auf Philoktet großen Eindruck gemacht (Frgm. 17: ipsam Frygiam mitiorem esse aio immani Graecia). Schließlich ringt sich Philoktet mit einer für römisches Denken typischen patriotischen Wendung dazu durch, den Griechen zu folgen und mahnt zu vorsichtigem Gehen (Frgm. 21: caute ingredimini). Eines deus ex machina bedurfte es nicht mehr.

WEITERE RÖMISCHE LITERATUR

Das viele Jahre anhaltende Klagen des Philoktet (Philocteteus clamor) ist bei Cicero sprichwörtliches Exempel für Schmerz, Leiden und Klage im Kontext der hellenistischen Ethik mit ihrer Forderung nach Ertragen und Überwinden des Schmerzes und in Opposition zur Auffassung Epikurs, wonach ein starker Schmerz nur von kurzer Dauer sein kann (›De finibus‹ II 94). Offenbar hat Epikur selbst Philoktet (kritisch) erwähnt, während Cicero über die Vermittlung durch die hellenistische Philosophie hinaus und auch in Kenntnis der Tragödie des Sophokles (vgl. ›Tusculanen‹ II 20-22) sich auf den ›Philocteta‹ des Accius stützt, aus dem er mehrfach Verse zitiert (Tusc. II 19. 33; De fin. V 32).

Gelegentliche Hinweise auf das Schicksal des Philoktet finden sich bei Vergil, ›Aeneis‹ II 401; Ovid, ›Metamorphosen› XIII 43-54; 313-338, hier in den Reden des Aias und des Odysseus im Rahmen des Streites um die Waffen Achills (armorum iudicium); Martial 2, 84; Ausonius, epigr. 71.

Eine sonst nicht überlieferte Sagenversion findet sich bei Servius (um 400 n. Chr.) im Kommentar zu Vergil, Aen. II 402, wonach für die Wunde des Philoktet nicht der Biß einer Schlange verantwortlich sei, sondern einer der vergifteten Pfeile, der zu Boden gefallen und auf den Philoktet getreten sei. Auch holten die Griechen nicht Philoktet, sondern nur den Bogen mit den Pfeilen zurück. Philoktet gelangte dann auf ungeklärte Weise nach Kalabrien und gründete dort die Stadt Petelia. Schon bei Sophokles ist ein gewisses Schwanken zu beobachten, ob nach dem Orakel des Helenos nur der Bogen mit den Pfeilen oder auch Philoktet selber nach Troja gebracht werden muß. De facto wird in allen Fassungen Philoktet aus Lemnos geholt. Die nur hier vorliegende (aber wohl auf ältere Quellen zurückgehende)Variante, wonach Philoktet auf der Insel zurückgelassen wird, betont eine noch tiefere Erniedrigung des Helden.

RHETORIK UND MYTHOLOGIE DER KAISERZEIT

DION VON PRUSA (CHRYSOSTOMOS), Sophist und Redner im 1. Jhdt. nach Chr., stellt in seiner 52. Rede die Philoktet-Dramen der drei großen attischen Tragiker einander gegenüber (ergänzend die 59. Rede). Diese Rede ist die Hauptquelle für die Rekonstruktion der Philoktet-Tragödien des Aischylos und des Euripides, wobei die Abgrenzung gelegentlich schwierig bleibt. Entsprechend seiner klassizistischen Grundhaltung lobt Dion alle drei Dichter. An Aischylos rühmt er die Strenge und Großartigkeit der Sprache, die Charakterzeichnung (archaisches Heldenethos) und die konsequente Motivation der Handlung. An Euripides, dessen Tragödie viel ausführlicher behandelt wird, hebt Dion die Präzision und Klarheit der Sprache, die rhetorisch-politische Färbung und die Überzeugungskraft der Darstellung hervor. Den Gipfel stellt die Tragödie des Sophokles dar, die eine eigene Behandlung erhält (§ 15-17). Hier betont Dion die Einführung der Figur des Neoptolemos, die zurückhaltende Charakterisierung des Odysseus und die Lösung durch das Eingreifen des Herakles. Während die Werturteile über Aischylos und Euripides im Vergleich nur in Komparativen gegeben werden, verwendet Dion zur Charakterisierung der Tragödie des Sophokles durchweg Superlative.

PSEUDO-APPOLODOR, ›Mythologische Bibliothek‹, weit verbreitetes, griechisch geschriebenes Handbuch, 1. Jh. n .Chr. Für den verlorenen Schlußteil gibt es mehrere epitomierte Fassungen. Daraus Epitome III 27 und V8: kurze Schilderung des Schicksals Philoktets in der traditionellen Fassung (Odysseus und Diomedes in Lemnos, wie bei Euripides).

HYGIN, ›Fabeln‹, ebenfalls weit verbreitetes, lateinisch geschriebenes Handbuch, 2. Jh. n.Chr. Enthält Stammbäume von Göttern und Heroen, ferner 277 sog. ›Fabeln‹, kurze Erzählungen einzelner Mythen, darunter Fab. 102 über Philoktet. Knappes Resumé: Agamemnon sendet Odysseus und Diomedes, um Philoktet zu versöhnen und nach Troja zu bringen. Hier die Variante, daß der Hirte Iphimos im Dienst des Königs Aktor (dieser ist bei Euripides der Hirte) Philoktet ernährt.

WIRKUNGSGESCHICHTE IN DER NEUZEIT

Die Geschichte von Philoktet gehört hinsichtlich der Rezeption nicht zu den bevorzugten Mythen. Im Mittelalter und in der Renaissance taucht der Philoktetmythos überhaupt nicht auf. Er ist nach der Antike zum ersten Mal wieder belegt auf der Wende vom 17. / 18. Jhdt. in Frankreich.

17./18. Jahrhundert in Frankreich

FRANÇOIS DE SALIGNAC DE LA MOTTE-FÉNELON, ›Suite du quartième livre de l'Odyssée ou Les aventures de Télémaque‹ (1699). Romanhafter Fürstenspiegel, in dem Fénelon, Erzbischof von Cambrai, Muster der fürstlichen Erziehung und Tugend aufstellte. Das Paradigma dafür ist vor allem Telemachos, der in den Büchern 3-4 der ›Odyssee‹ auf weiten Fahrten Erkundigungen nach dem Schicksal seines Vaters Odysseus anstellt. Im 12. Kapitel des Werkes von Fénelon wird die Geschichte von Philoktet in der traditionellen Form (wie bei Sophokles) berichtet und dann (nach Vergil, Hygin und Servius) die italischen Abenteuer des Philoktet dargestellt. Die Fiktion von Fénelon ist, daß Philoktet, jetzt König von Petelia, dem Sohn seines Erzfeindes Odysseus, Telemachos auf dessen Suche nach seinem Vater begegnet. Dabei kommt es zu vertraulicher Nähe der beiden, vorbereitet dadurch, daß Fénelon schon Odysseus auf Lemnos versöhnlich und aufrichtig dargestellt hat, abweichend von der sophokleischen Version. Odysseus selber bringt den entwendeten Bogen dem Philoktet zurück; er bietet sogar an, Philoktet könne mit dem Bogen auf Lemnos bleiben. Aber beide Gegner versöhnen sich unter tränenreicher Umarmung. Entsprechend ist die Gestalt des Neoptolemos von Fénelon nur blaß gezeichnet, ist doch sein Ideal eines fürstlichen Jünglings Telemachos. Der ›Télémaque‹, der zunächst ohne Wissen des Autors publiziert war, wurde wegen einiger kritischer Andeutungen gegen autoritär-militärische Monarchen sogleich nach dem Erscheinen verboten und konnte erst nach dem Tode Fénelons (1715) wieder gedruckt werden. Das Werk fand bis gegen Ende des 19. Jhdts. in zahllosen Ausgaben und Übersetzungen (deutsch 1878) eine sehr starke Verbreitung.

JEAN-BAPTISTE VIEVEN DE CHATEAUBRUN, ›Philoctète‹ (1775). Dieses Drama ist die erste Bühnenbearbeitung des Stoffes in der Neuzeit, uraufgeführt an der Comédie Française. Sehr erfolgreich; nach wenigen Jahren Neuinszenierung. Die Vorlage des Sophokles wird dem Zeitgeschmack angepaßt.

Neoptolemos verliebt sich auf den ersten Blick in Philoktetes jungfräuliche Tochter Sophie, die mit ihrem Vater auf Lemnos lebt. Neoptolemos ist zu rein, den Bogen zu stehlen oder lügnerisch aufzutreten. Einerseits liebt er Sophie und hat Mitgefühl mit ihrem Vater, andererseits erkennt er ganz wie Odysseus rational die Überlegenheit der Staatsräson an; so gerät er in den Konflikt zwischen Gefühl und Vernunft.

Diesen Konflikt löst er allerdings nicht selbst, er wird für ihn gelöst: die Handlung verlagert sich nun auf ein eloquentes Rededuell zwischen Odysseus und Philoktetes. Odysseus versucht zunächst vergeblich, den Zorn des Philoktetes zu beschwichtigen und bietet ihm dann voller Edelmut an, an seiner Statt als Ausgestoßener auf Lemnos zu bleiben. Ohne göttliches Eingreifen vollzieht sich nun ein Sinneswandel des Philoktetes; das Stück endet mit einem Pakt zwischen Neoptolemos und Philoktet: Nun wollen sie Troja mit vereinten Kräften erobern.

JEAN FRANÇOIS DE LA HARPE, ›Philoctète‹, veröffentlicht 1781, uraufgeführt im Juni 1783 an der Comédie Française. De la Harpes (1739-1803) Werk ist eine bearbeitende Übersetzung des sophokleischen Dramas, jedoch ohne Chorpartien; die Lösung durch den deus ex machina dramatisiert de la Harpe insofern, als Herakles genau in dem Moment auftritt, als Philoktet schon den tödlichen Pfeil auf Odysseus abschießen will. Das Stück wurde ein ungewöhnlich großer Aufführungserfolg: es wurde 1783-84 vierzehnmal auf die Bühne gebracht; es folgten Neuaufführungen 1786-1816 sowie 1825 und 1826. Insgesamt spielte es die Comédie Française nicht weniger als sechsundachtzig Mal. Die Übersetzung, die von 1781 bis 1843 mindestens sieben Neuauflagen erlebte, löste eine umfangreiche literarische Diskussion aus.

De la Harpe hatte die beiden ersten Akte seines ›Philoctète‹ 1780 mit großem Erfolg in der Académie Française vorgelesen.

ETIENNE MÉHUL, ›Philoctète à Lemnos‹. Oper, Libretto von A. Renou, uraufgeführt 1788 in Paris. Die Musik ist verloren. Méhul war einer der bedeutendsten Komponisten in der Zeit der Französischen Revolution. Von seinen Opern und Schauspielmusiken hat sich bis zum 20. Jhdt. nur die 1807 vollendete Oper ›Joseph‹ in Paris und z. T. im deutschen Repertoire gehalten.

18./19. Jahrhundert
a) Theoretische Diskussionen

Die Rezeption des ›Philoktet‹ auf der Bühne war zunächst eine spezifisch französische Angelegenheit. Inzwischen sind alle Tragödien des Sophokles teils einzeln, teils komplett in die modernen europäischen Sprachen übersetzt worden (›Philoktet‹ zuerst in England 1725, in Frankreich 1730, in Deutschland 1760, in Italien 1767). Dadurch wurde eine theoretische Diskussion begünstigt, die sich vorwiegend in Deutschland abspielt.

JOHANN JOACHIM WINCKELMANN, ›Gedanken über die Nachahmung der griechischen Werke in der Malerei und Bildhauerkunst‹ (1754). Am Beispiel des Laokoon will Winckelmann zeigen, daß die Griechen den körperlichen Schmerz nur in verklärter Form und sehr maßvoll dargestellt haben. »Laokoon leidet, aber er leidet wie des Sophokles Philoktet: sein Elend geht uns bis an die Seele; aber wir wünschten, wie dieser große Mann das Elend ertragen zu können«. Starke Idealisierung der Griechen. »Die Krankheiten, welche so viel Schönheiten zerstören und die edelsten Bildungen verderben, waren den Griechen noch unbekannt«.

GOTTHOLD EPHRAIM LESSING, ›Laokoon‹ (1766). Kritische Auseinandersetzung mit Winckelmann. Die Griechen haben sich nicht gescheut, das Häßliche, Schmerzen und Schreie darzustellen. Über ›Philoktet‹: »Er wimmert, er schreiet, er bekömmt die gräßlichsten Zuckungen«. Die äußeren Lebensumstände des einsamen Philotet erwecken in hohem Grade Mitleid. »Philoktet, der ganz Natur ist, bringt auch den Neoptolemos zu seiner Natur wieder zurück. Diese Umkehr ist vortrefflich, und um so viel rührender, da sie von der bloßen Menschlichkeit bewirket wird.«

JOHANN GOTTFRIED HERDER, ›Kritische Wälder‹ (1769), 1. Stück. Auseinandersetzung mit Winckelmann und mit Lessing; teilweise Zustimmung zu Winckelmann. Philoktet bekämpft seinen Schmerz mitten im Schmerz bis hin zu stummem Leiden. Philoktet der edle Dulder. Sein Schmerz äußert sich nicht in »brütender Verzweiflung«, sondern in »gezogenen Klagetönen«. Schreien ist zwar der natürliche Ausdruck des körperlichen Schmerzes, nur hat jede »Gedichtart in Nachahmung dieses Ausdruckes ihre eigenen Grenzen«.

JOHANN WOLFGANG VON GOETHE, ›Gespräche mit Eckermann‹, 31. 1. 1827. »Zum Glück haben wir jetzt an den Philokteten ein herrliches Beyspiel, welches Sujet alle drey großen Tragiker behandelt haben, und Sophokles zuletzt und am besten«. Zu den verlorenen Philoktet-Tragödien des Aischylos und des Euripides: »Wollte es meine Zeit erlauben, so würde ich diese Stücke restaurieren«.

GEORG WILHELM FRIEDRICH HEGEL, ›Vorlesungen über Ästhetik‹ (Erstausgabe 1835 der von H. G. Hotho bearbeiteten Vorlesungen Hegels 1820-1829): »Die Krankheit des Philoktet z. B., die stinkenden Geschwüre an seinem Fuße, sein Ächzen und Schreien würden wir ebensowenig sehen und hören mögen, als uns die Pfeile des Herkules, um welche es sich vornehmlich handelt, ein Interesse einflößen könnten«. Hegel begründet mit derartigen »nationalen Voraussetzungen und Verhältnissen«, in denen »wir uns um ihrer

Fremdheit wegen mit unserem heutigen Bewußtsein nicht mehr heimisch fühlen können«, daß die griechische Tragödie wohl gelesen wird, aber »von dem jetzigen Theater verbannt« ist.

b) Gedichte zu Philoktet

JOHANN GOTTFRIED HERDER, ›Philoktetes‹, nach 1789. In diesem Gedicht aus vier elegischen Distischen (»ja ich kenne dich Armer, dem ersten Blicke verrätst du...«) stellt Herder (1744-1803) den »unendlichen Schmerz« des Philoktet dar, wie er sich aus dem Äußeren des tragischen Helden erschließt. Philoktet wird teils direkt angeredet, teils in der dritten Person beschrieben.

JOHANN GOTTFRIED HERDER, ›Auf Philoktets Bild‹ (Titel nicht von Herder), aus dem handschriftlichen Nachlaß, zuerst veröffentlicht 1882. In zwei elegischen Distichen redet der lyrische Sprecher, dessen Identität absichtlich unklar bleibt und zwischen lyrischem Ich und Philoktet selbst oszilliert, ein Bildnis des Philoktet an, das in ihm die Erinnerung an erlittenen und wohl auch zukünftigen Schmerz wachruft. Vertont von Johann Friedemann Bach (1732-95). Musik verloren.

THOMAS RUSSEL (1762-1788), ›Suppos'd to be written at Lemnos‹. Sonnet, veröffentlicht 1789.

JOHANN MAYRHOFER (1787-1836), ›Philoktet‹ (1817), vertont von Franz Schubert. Der österreichische Dichter lernte 1814 Schubert kennen, mit dem er 1818-1820 zusammen wohnte. Schubert vertonte 47 seiner Gedichte.

WILLIAM WORDSWORTH (1770-1850) bringt in einem kurzen undatierten Gedicht ohne Titel (»When Philoctetes in the Lemnian isle...«, veröffentlicht 1827) den Kontrast zwischen der Grausamkeit unter Menschen und der Liebe in der belebten Natur zum Ausdruck: Der Anblick der wilden Vögel auf Lemnos, die sich bei Philoktet niederlassen, tröstet ihn, da sie ihm das Licht einer mitfühlenden Liebe anzeigen, die ihm die Menschen versagt haben.

Opern und Bühnenmusiken

ANTON REICHA (1770-1836) ›Philoktet‹. Das Werk ist verloren bis auf drei Chöre, die dadurch erhalten sind, daß Reicha sie in seiner Harmonielehre mit dem Titel ›Cours de composition musicale‹ zitiert hat.

BONAVENTURE HENRY, ›Philoktète‹ (1872), nach Sophokles.

ARTHUR COQUARD, ›Philoctète‹ (1896), ebenfalls nach Sophokles. Coquart (1846-1910) wirkte als Schüler von César Franck und Eduard Lalo in Paris.

H. RÜTER, ›Philoktet‹ (1922), auf der Grundlage des sophokleischen Textes.

Diese Opern sind heute weitgehend vergessen.

19./20. Jahrhundert Dramen, Gedichte

JOHN BYRNE LEICESTER WARREN, ›Philoctetes. A metrical drama after the Antiques‹ (1866).

ANDRÉ GIDE, ›Philoctète; ou Le traité des trois morales‹, 1898. Dieses zweite Drama Gides (1869-1951) hieß ursprünglich ›Le traité de l'immonde blessure‹, erschien aber bereits unter seinem heutigen Titel in der ›Revue Blanche‹ vom 1. Dezember 1898 (in Buchform 1899). Obwohl Gide das Stück nach eigenem Bekunden nicht für die Bühne geschrieben hatte, sind verschiedene Aufführungen bekannt, die erste davon in einem Privattheater in Paris 1919.

Nur drei Personen (Philoktet Odysseus, Neoptolemos; kein Chor) in 5 kurzen Akten. Schauplatz: eine von Schnee und Eis bedeckte, namenlose Insel, weit von Troja entfernt. Die Handlung ähnlich wie bei Sophokles, nur der Schluß ist anders. Philoktet trinkt (freiwillig) ein Betäubungsmittel aus einer Schale und fällt in Ohnmacht. Odysseus nimmt mit Hilfe des Neoptolemos den Bogen. Beide lassen Philoktet auf der Insel zurück. Der unglückliche Philoktet blickt aufs Meer hinaus. Rings um ihn brechen Blumen aus dem ewigen Eis hervor. Vögel kommen vom Himmel, um Philoktet zu ernähren. – Philoktet wird zum Vertreter eines extremen Individualismus; er hadert nicht mit seinem Schicksal.

RUDOLF KASSNER, ›Philoktet‹ (1901). Übersetzung des Dramas von André Gide, zunächst veröffentlicht in der ›Wiener Rundschau‹ 1901; in überarbeiteter Form im Insel-Verlag 1904. Kassner schrieb ebenfalls 1901 einen Aufsatz über Gide.

KARL VON LEVETZOW, ›Der Bogen des Philoktet‹, uraufgeführt am 27. 1. 1909 im Berliner Theater. Abweichend von Sophokles hat Levetzow (1871-1955), Verfasser von Gedichten, Aphorismen und einer tragischen Pantomime, dem Philoktet zwei Begleiter beigegeben, die Oreade Lyrinx und den Faun Kallotragos. Philoktet hat sich von den Menschen losgesagt (»Menschen will ich nicht mehr sehen«); er ist in inniger Verbindung mit der Natur. Die Insel gewinnt bukolische Züge. In der Einsamkeit will Philoktet »vergessen«. Mit Odysseus und Neoptolemos, der hier der Sohn des Herakles ist, bricht die harte Wirklichkeit in die Idylle. Levetzow gestaltet das Bogenmotiv anders als Sophokles. Neoptolemos gibt den bereits entwendeten Bogen an Philoktet zurück. Dieser überreicht seinerseits den Bogen wieder an Neoptolemos. Keiner hat ihn bisher spannen können; dies ist einem Mann vorbehalten, der eine Tat vollbringt, die des Herakles würdig ist. (Das Tatmotiv ist für das Drama konstitutiv.) Diese Tat vollbringt Neoptolemos eben dadurch, daß er den Bogen nicht behält. Nun aber von Philoktet zurückgegeben, fügt er sich seiner Hand. So reist Neoptolemos als künftiger Sieger nach Troja ab, während Philoktet sich ins Meer stürzt und mit der Natur eins wird.

RUDOLF PANNWITZ, ›Philoktetes‹, (1913). Das tragische Schauspiel trägt den Untertitel ›Ein Mysterium‹ und gehört zu einer Gruppe von Dramen, die Pannwitz (1881-1969) ›Dionysische Tragödien‹ genannt und seinem Idol Nietzsche, »dem Schoepfer unseres neuen Lebens [...] als einer ganzen Jugend verspätete Antwort und Dankbarkeit für die Tat« gewidmet hat (›Der Tod des Empedokles‹, ›Philoktetes‹, ›Der glückliche König Kroisos‹, ›Die Befreiung des Oidipus‹, ›Iphigenia mit dem Gotte‹).

Der Einakter für drei Schauspieler (Philoktet, Neoptolemos, Odysseus) spielt auf Lemnos. Odysseus und Neoptolemos kommen auf Lemnos an; in einem Dialog rät Odysseus dem Neoptolemos, eine List zu gebrauchen, um an den Bogen des Philoktet zu kommen. Odysseus gerät dabei fast in Streit mit seinem jungen Begleiter, da er Achilleus für die Situation vor Troja verantwortlich macht (»Hätte der edle nicht die jahre versessen im zelt Schmollend um eine Sklavin uns alle verratend« ...); als Neoptolemos abgegangen ist, macht Odysseus seiner Verachtung Luft (»Wäre mein zwerchfell nicht lang wetterhart Land-und meererfahren Und der droben taub – : Hui! ich zerbärste vor lachen über den sohn des Achilleus«.) Philoktet hält einen langen Klagemonolog, in dem er Herakles anklagt, ihm seine Dienste durch die Verwundung mit seinen Giftpfeilen gelohnt zu haben, die er, Philoktet, jetzt hüte. Dann kommt Philoktet aus seiner Höhle und trifft mit Neoptolemos zusammen. Im nun folgenden Gespräch beider wird die gesamte Geschichte des Trojanischen Krieges einschließlich des Themas: Tod des Achilles und Waffenstreit kurz rekapituliert; Philoktet begreift den Grund der Anwesenheit des Achillessohnes rasch. Trotz widerstreitender Gefühle siegt in ihm eine gewaltige hämische Freude über die Lage der Griechen: »Hei wies mich freut Dass sie nun doch bedürfen Des verachteten stinkenden Mannes!«, und er gibt Bogen und Giftpfeile freiwillig heraus. Odysseus und Neoptolemos fahren ab, zurück bleibt Philoktet (»Der eroberer von Troia Keiner ahnt es Ich haha ich ...«), der in einer polyphemartigen Pose dem Schiff Steine nachwirft und die Griechen brüllend verflucht, um schließlich zusammenzubrechen.

»Der frühexpressionistische Stil des ›Philoktetes‹ steht im Einklang mit dem Versuch des Dichters, die Krisis der europäischen Kultur in dem alten Mythos zu spiegeln. Seinem manirierten Duktus war letztlich nur eine begrenzte Zukunft beschieden« (Lefèvre 1997).

HENRY REED, ›Philoctetes‹ (1944). Gedicht, das Reed (1914-1986) nach ›Chrysothemis‹ (1943) und ›Antigone‹ (1947) zum dritten Teil seiner Trilogie ›Triptych‹ (in der Gedichtsammlung ›A map of Verona‹) machte. In einem langen inneren Monolog setzt sich Philoktet mit seinem Schicksal am Wendepunkt auseinander. Neoptolemos und seine Gefährten sind angekommen. Philoktet hat in der langen Zeit seiner Isolation Groll und Verzweiflung überwunden; List ist nun machtlos gegen ihn, und er sieht einem neuen Leben entgegen.

BERNT VON HEISELER, ›Philoktet‹ (1947). Nach Aussage des Dichters (1909-1969) »ein eigenes Gebäude auf Sophokleischem Grunde«. Philoktet, in einem dem Prolog vorangestellten Monolog zusätzlich exponiert, ist aus der Gemeinschaft der Menschen ausgegrenzt: »Ja, froh bin ich, keinen Menschen hier zu sehen« (ähnlich wie bei von Levetzow). »Ich, Philoktet, bin einsam und bin es gern!« An der Gestalt des Philoktet wird sichtbar das Problem der »Freiheit einer Seele ... selbst einer schwerwiegenden politischen Notwendigkeit gegenüber«. Verarbeitung des Krieges, aber kein Antikriegsstück. Chor: »Laß uns vergessen den Krieg, das Leid...«. »Legt auf den Gräbern die Kränze nieder«. Am Schluß kein deus ex machina; Philoktet zieht freiwillig nach Troja.

MICHAEL HAMBURGER (geb. 1924), ›Philoctetes‹ (1958 erschienen in der Sammlung ›The Dual Site‹). Vierstrophiger Monolog des Philoktet, der in tiefer Resignation sein Leben auf Lemnos beklagt. Der Wundschmerz und die Einsamkeit auf der Insel haben ihn zermürbt und erniedrigt; er wünscht den Griechen, sie müßten sein eigenes Leid ertragen.

OSCAR MANDEL, ›The summoning of Philoktetes. A Tragedy‹, 1961. Das aus einem Prolog und vier Szenen bestehende Drama (für fünf Schauspieler und zehnköpfigen Chor, Begleitung durch Schlagzeug, Harfe und Flöte) erschien zuerst unter dem Titel ›Island‹ im Winter 1961 in der ›Massachusetts Review‹. Die Uraufführung fand im selben Jahr statt, 1962 schloß sich eine Rundfunkausstrahlung an, der zahlreiche Wiederholungssendungen folgten.

(Prolog) Herakles fordert Philoktet zu Kampf und Herausgabe des Bogens auf; er verweist auf das Kommen des Odysseus. (1) Odysseus erscheint in Begleitung des Demodokos und des Chores der Soldaten. Sie suchen Philoktet, der zehn Jahre zuvor mit Medon auf der Insel zurückgelassen wurde. Von Orakelsprüchen ausgelöst, ist ein Wettlauf von Griechen und Trojanern um die Wunderwaffe, den Bogen des Philoktet, zu befürchten. Demodokos soll zunächst als vermeintlicher Schiffbrüchiger das Vertrauen des Philoktet gewinnen, bevor Odysseus ihn zur Kooperation überredet. Der Chor besingt die gräßlichen Schrecken des Krieges, der durch Philoktet und seinen Bogen beendet werden möge. (2) Demodokos wird von Philoktet gastlich aufgenommen; nach einem langen Gespräch übergibt Philoktet wegen eines Schmerzanfalls den schweren Bogen an seinen Gast und humpelt zur Höhle. Der im Verborgenen lauschende Chor triumphiert; Demodokos aber ist von Philoktet beeindruckt und zögert, den Bogen an Odysseus zu übergeben, weswegen (3) Odysseus ihn mit Waffengewalt vertreiben läßt. Der Chor preist Odysseus, den gerechten, allsorgenden Landesfürsten, »almost a god« (4). Odysseus versucht Philoktet gnädig zu stimmen, als Demodokos mit dem Bogen wieder zurückkommt und ihn Philoktet übergibt. Es kommt zu einer turbulenten Szene, in deren Verlauf Demodokos von Odysseus als Geisel genommen und Medon von den Soldaten des Odysseus getötet wird. Philoktet zerbricht seinen Bogen. Als ihm klar wird, daß ihn ohne einen einzigen Menschen auf der Insel nur völlige Trostlosigkeit und Einsamkeit erwartet, geht er, von Herakles darin bestärkt, mit den Griechen. Demodokos entscheidet sich trotz aller Widerrede des Chores, auf der Insel zu bleiben.

Das zentrale Problem des hochdramatisch und ereignisreich gehaltenen Stückes ist der Konflikt zwischen einer Lebensweise, die rein bleiben will, dafür aber völlige Einsamkeit braucht (so die letztendliche Entscheidung des Demodokos), und einer Lebensweise, die auf menschliche Gesellschaft abzielt, aber die damit einhergehende Unreinheit nicht vermeiden kann (Odysseus, der Lug, Trug und Mord einsetzt, ohne dies selbst gutheißen zu können); Philoktet steht hier zwischen den Extremen. Das Stück endet in der Aporie. Hinter dem Bogen des Philoktet, seinem Wissen um die Herstellung dieser Waffe und dem Interesse der Griechen und der Trojaner an diesem Wissen, steht unausgesprochen das atomare Wettrüsten zwischen den Vereinigten Staaten und der UdSSR aus den Zeiten des ›kalten Krieges‹.

KEITH JOHNSTONE, ›Philoctetes‹ (1964); Tragödie nach Sophokles; zuerst aufgeführt im Royal Court Theatre in London, dessen Direktor Johnstone war.

HEINER MÜLLER (1929-1996), ›Philoktet‹ (1965); zuerst veröffentlicht in der Zeitschrift ›Sinn und Form‹ (DDR), Uraufführung 1968 in München; als Bühnenstück außerordentlich erfolgreich; zahlreiche Inszenierungen in vielen Städten und Ländern. Starke Veränderung der sophokleischen Vorlage. Zu Beginn deiktische Elemente des epischen Theaters: ein Vorspiel, gesprochen vom Darsteller des Philoktet in Clownmaske, darunter ein Totenkopf. »Was wir hier zeigen, hat keine Moral; fürs Leben können Sie bei uns nichts lernen. Wer passen will, der kann sich jetzt entfernen«. Das Stück ist auf die drei Personen Philoktet, Odysseus und Neoptolemos konzentriert; kein Chor, kein deus ex machina, keine Versöhnung am Schluß. Philoktet wird am Schluß getötet, und zwar von Neoptolemos, der dem Philoktet das Schwert in den Rücken stößt und hinzufügt: »trauriger Ruhm zu töten einen Toten«. Dazu die Lügenfiktion, Troer seien auf Lemnos gelandet und hätten versucht, Philoktet mit Gold zu bestechen und zum Mitgehen zu bewegen (hier nimmt Müller die ihm offenbar bekannte Version des Euripides auf). Odysseus schleppt den toten Philoktet auf seinem Rücken; Neoptolemos hätte fast noch Odysseus getötet (»Gehts ohne den jetzt, gehts auch ohne dich«). Odysseus übergibt den toten Philoktet dem Neoptolemos und tauscht dafür den Bogen ein. Schließlich stellt Odysseus dem Neoptolemos in Aussicht, ihm vor Troja die Lüge zu sagen, mit der er sich reinwaschen könnte, hätte er ihn jetzt getötet. Im ganzen Depotenzieren des Mythos; Entheroisierung der Personen; Verkettung von Gewalt und Betrug; keine Reintegrierung am Schluß (»Der nicht mehr Integrierbare wird aus dem Verkehr gezogen«); Dialektik der Lüge; Triumph des Gemeinen. Bezug auf die inneren Probleme des sozialistischen Systems als Intention Müllers umstritten.

JANNIS RITZOS, (1909-1990), ›Filoktitis‹ (1965). Dramatischer Monolog (von beträchtlicher Länge), dessen Ich-Erzähler Neoptolemos ist. Die Situationen (Matrosen baden am Strand einer einsamen Insel, »vielleicht Lemnos«) und die Personen (ein junger Mann hat Ähnlichkeiten mit Achill, »als wäre er dessen Sohn Neoptolemos«) sind leicht verfremdet. Der Biß der Schlange (»vielleicht der Schlange der Weisheit«) gilt nur als Vorwand für einen »vornehmen Rückzug des Philoktet«. Der junge Mann (Neoptolemos) erzählt von Troja und fordert Philoktet auf, mit ihm nach Troja zu ziehen; das trojanische Pferd sei fertiggestellt. Man brauche Philoktet nicht nur für den Sieg, sondern auch danach. Es bleibt die Frage: »Wofür sind wir gekommen, wofür haben wir gekämpft, warum und wohin kehren wir zurück?« Nachspann: Philoktet holt die Waffen aus der Höhle, übergibt sie dem Jungen (= Neoptolemos) und folgt mehr seinen Waffen als dem jungen Mann.

WALTER JENS, ›Der tödliche Schlag‹ (1974), Fernsehpremiere 1975. Übernahme der Grundkonstellation, aber starke Veränderung der Fabel.

Philoktet wurde durch Odysseus auf Lemnos ausgesetzt, weil er schon nach wenigen Wochen des Krieges erklärt hatte, der Krieg sei so nicht zu gewinnen, Troja werde selbst einer zehnjährigen Belagerung standhalten. Er lebt jetzt auf der Insel als angesehener Freund der Bauern, denen er durch technische Verbesserungen und Erneuerungen landwirtschaftlicher Geräte die Arbeit erleichtert hat. Die Griechen vor Troja sind inzwischen, im zehnten Kriegsjahr, sehr dezimiert, die Truppe beginnt zu meutern und fordert, Philoktet zurückzuholen. Odysseus soll ihn um Verzeihung bitten; er nimmt den jungen Neoptolemos zu seiner Begleitung mit.

In einem ersten Treffen mit Neoptolemos gelingt es Philoktet, ihn vom Grauen des Krieges zu überzeugen: Die Einnahme von Troja wäre kein Sieg, sondern Mord, vor allem an Alten, Frauen und Kindern. Philoktet will zwar nicht selbst ins Griechenlager zurückkehren, aber dennoch die ihm angetragene Führung über die Truppen übernehmen, indem er Neoptolemos am nächsten Morgen mit einem Tagesbefehl ausstatten will, der die Abreise unter der stellvertretenden Leitung durch den jungen Offizier zum Inhalt hat.

Der alte Lemnier Timon, der Philoktet befreite, als Odysseus ihn einst gefesselt auf Lemnos zum Sterben zurückließ, warnt Philoktet eindringlich vor einer Begegnung mit seinem Feind; dennoch empfängt Philoktet anschließend auch Odysseus, der sich, wie die Griechen von ihm verlangt haben, vor ihm niederwirft. In einem langen Gespräch über den Krieg deutet Philoktet an, was er erkannt hatte: Troja kann nur durch einen Überfall von innen besiegt werden; der Weg führt durch die Kanalisation (Anspielung auf die Geschichte vom hölzernen Pferd, das später auch erwähnt wird). Philoktets Plan scheitert; Odysseus erklärt Philoktet, welche taktischen Fehler er in seinem Verhalten ihm gegenüber begangen hat und zeigt dann, wie er auch ihn umbringen wird, diesen Mord aber durch eine raffinierte Inszenierung vertuschen kann (Anspielung auf den Schluß des ›Philoktet‹ von Heiner Müller?). Odysseus tötet nach kurzem Zögern Philoktet. Ein Sprecher aus dem Off berichtet zum Abschluß des Dramas von den Siegesfeiern, bei denen Odysseus vor dem Sarg des Philoktet dem Retter Griechenlands und »Baumeister des Triumphes« seine Ehre erweist. Neoptolemos wurde von der Feier ferngehalten, weil er durch die grauenhaften Erlebnisse bei der Einnahme Trojas den Verstand verloren hat. Jens übernimmt nicht die mythischen Symbole – weder Wunde noch Bogen kommen bei ihm vor –, sondern die Grundkonstellation des Konfliktes zwischen drei unterschiedlich gearteten Personen, die er noch stärker typisiert: Philoktet ist der einsame Idealist und Intellektuelle, der schließlich an der brutalen Realität scheitert; Odysseus der rücksichtslose, intrigante Machtmensch; Neoptolemos der empfindsame junge Mann, der sich nach der geistigen Führung durch eine Vaterfigur sehnt.

SEAMUS HEANEY, ›The Cure at Troy‹ (1990). Drama des Nobelpreisträgers für Literatur (geb. 1939) uraufgeführt am

1. 10. 1990 durch die Field Day Theatre Company (deren Direktor Heaney ist) in Guildhall, Derry (Nordirland). Enger Anschluß an Sophokles; das gleiche Personal mit Chor und Herakles (Hercules) als deus ex machina. Die Epiphanie des Herakles wird allerdings unwirklicher dargestellt als bei Sophokles, und zwar durch den Chorführer: »I saw him in the fire. Hercules was shining in the air. I heard the voice of Hercules in any head«. ... »I am the voice of Hercules now«. Die letzten Worte des Philoktet in Prosa betonen, daß die Insel das Schicksal des Philoktet ist; »I'll never get over Lemnos«. In zusätzlichen Chorpartien werden allgemeine Reflexionen eingstreut, die vom Philoktet-Mythos losgelöst sind, z. B. »no poem or play or song can fully right a wrong inflicted and endured«. Aber auch: »Poetry allowed the god to speek«.Das Stück endet mit einem Einzelvers: »And the half-true rhyme is love«. Das Interesse liegt auf dem Konflikt zwischen politischen Zwängen und persönlicher Integrität, zwischen Realität und möglicher oder unmöglicher Beeinflussung durch Dichtung. Im einzelnen implizite Bezüge auf den Nordirland-Konflikt.

ABBILDUNGEN

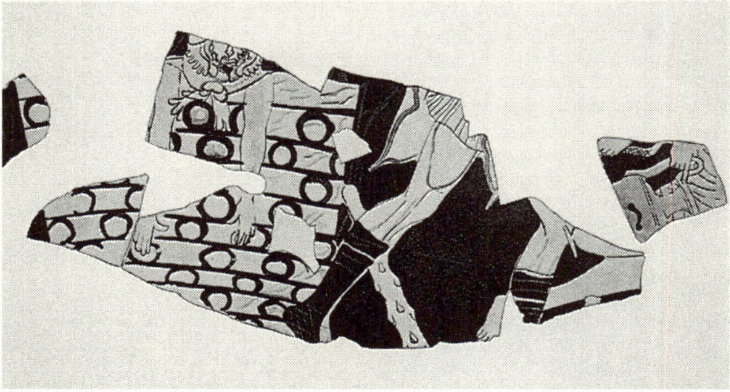

Abb. 1: Fragmente eines rotfigurigen Glockenkraters, attisch. Rom, Villa Giulia Inv. 11688, um 460 v. Chr. ›Conca-Maler‹: Philoktet am Scheiterhaufen des Herakles

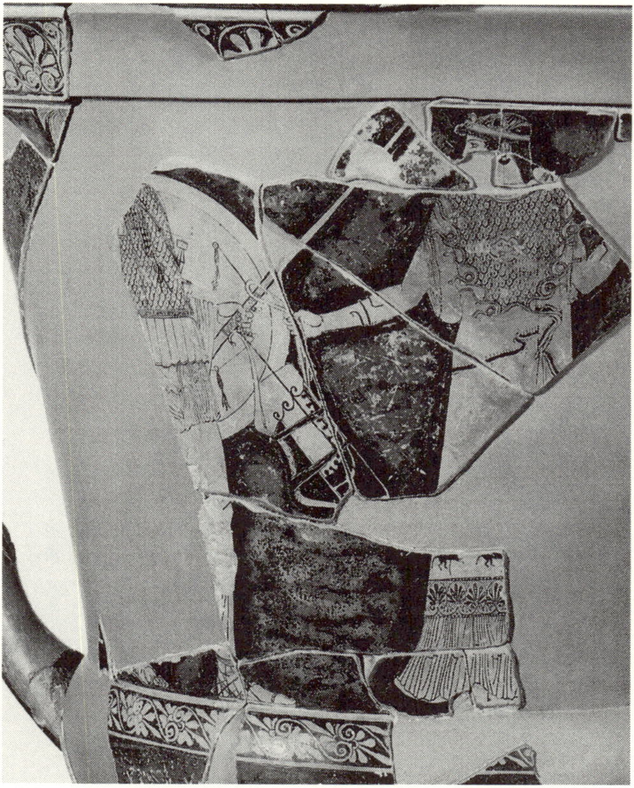

Abb. 2: Fragmente eines rotfigurigen Kelchkraters, attisch. Malibu, Getty Museum Inv. 77.AE.44.1, um 450 v. Chr. ›Achilleus-Maler‹: Athena übergibt Philoktet den Bogen des Herakles

Abb. 3: Fragmente eines rotfigurigen Kelchkraters, attisch. Paris, Louvre Inv. G 342, um 460 v. Chr. ›Altamura-Maler‹: Philoktet wird am Kultidol der Chryse von der Schlange gebissen, links Agamemnon (?)

Abb. 4: rotfiguriger Stamnos, attisch. Paris, Louvre Inv. G 413, um 460/50 v. Chr. ›Hermonax‹: vom Schlangenbiß verletzter Philoktet am Boden, umgeben von Agamemnon, Achill, Palamedes, Diomedes und Odysseus (?)

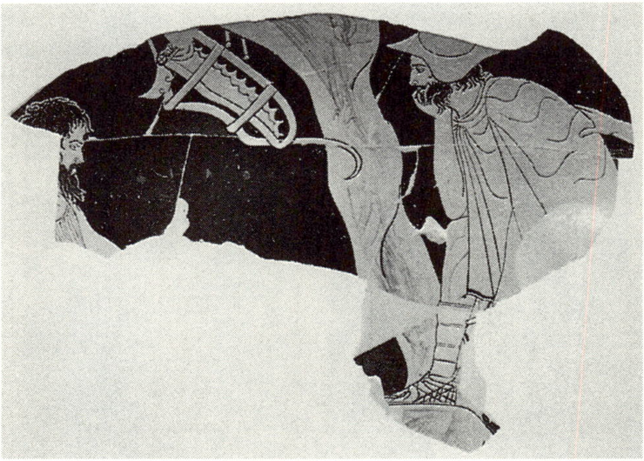

Abb. 5: rotfigurige Schale, attisch. Basel, Sammlung H. A. Cahn Inv. HC 1738, um 460 v. Chr. ›Euaion-Maler‹: Philoktet, Odysseus und Hand einer weiteren Figur

Abb. 6: rotfiguriger Glockenkrater, sizilisch, Syrakus, Mus. Arch. Inv. 36319, um 380 v. Chr. ›Dirke-Maler‹: Philoktet in der Höhle, links Athena und ein junger Mann, rechts Odysseus und eine junge Frau

Abb. 7: Sardonyx-Kameo, ehemals Alnwick, Beverley Collection, 200-150 v. Chr. Signiert von Boëthos: Gelagerter Philoktet

Abb. 8: Silberbecher mit figürlichen Reliefs, Kopenhagen, Nat. Mus. Inv. dnf 9-20, 1. Jahrhundert v. Chr. Signiert von Cheirisophos, rechts der von Krankheit und Schwäche gezeichnete Philoktet, ihm gegenüber Odysseus und Diomedes (?)

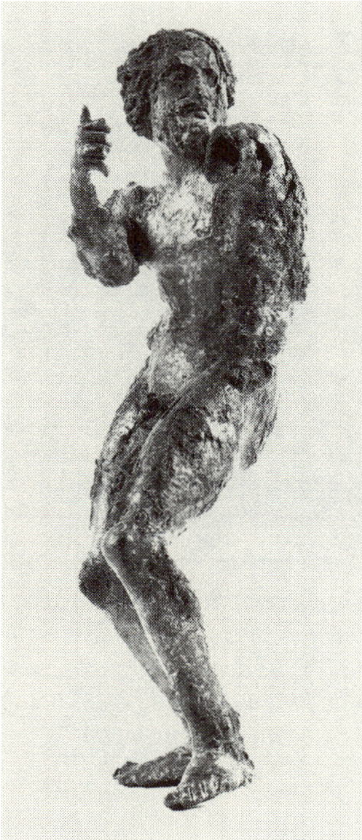

Abb. 9: Bronzestatuette,
Köln, Römisch-Germanisches Museum, Inv. 84.416,
um 150 v. Chr. Stehender Philoktet
(Foto G. Dettloff)

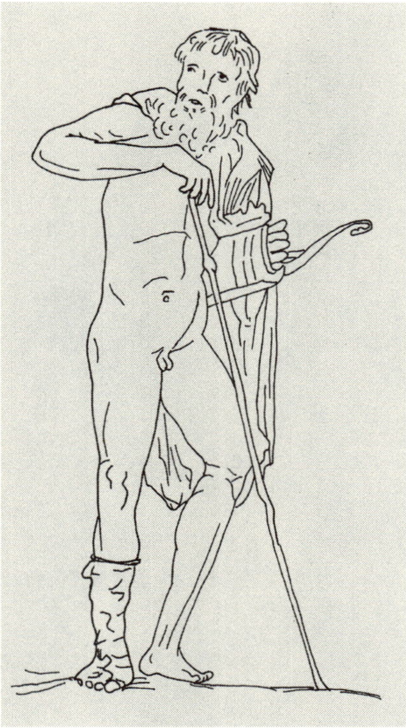

Abb. 10: Wandgemälde aus Pompeji, 37×32 cm, Neapel, Mus. Naz. Inv. 120032, um 50/60 n. Chr. Stehender Philoktet

Abb. 11: Jean-Baptiste Carpeaux, Philoctète dans l'île de Lemnos, Gipsskulptur, 126.5 cm, 1852. Valenciennes, Musée des Beaux Arts Inv. S 90.17

Abb. 12: Adolf von Hildebrand, Philoktet, Gipsskulptur, 146×120×60 cm, 1886. München, Bayerische Staatsgemäldesammlungen Inv. B 556

Für die Überlassung von Fotografien danke ich Herbert A. Cahn (Basel), Renate Thomas (Köln), den Bayerischen Staatsgemäldesammlungen München, dem J. Paul Getty Museum (Malibu) und der Réunion des Musées Nationeaux (Paris), für Hinweise und Diskussion Jean-Marie Dautel (Valenciennes), Stefan Ritter, Raphael Rosenberg, Volker Michael Strocka und Detlev Wannagat (alle Freiburg i. Br.). Die Vorlagen für die Abbildungen 3 und 10 zeichnete Nina Fenn.

ANTIKE UND NEUZEITLICHE BILDER VON PHILOKTET

VON MARTIN FLASHAR

Der antike Mythos, der von dem thessalischen Helden Philoktet handelt, ist eng und notwendig verknüpft mit zwei anderen griechischen Sagengeschichten: den Erzählungen über das Ende des Nationalheros Herakles und den Berichten über den Kampf der Griechen vor Troja. Heraklessage insgesamt und Trojanischer Krieg wurden über Jahrhunderte in immer neuen Variationen in Wort, Text und Bild tradiert. An beiden, Herakles und den Helden von Troja, fand insbesondere die griechische Adelsgesellschaft des 6. Jahrhunderts reges Interesse (mit veränderten Akzenten allerdings auch das 5. Jahrhundert). Sie vertraten die Werte, die dem eigenen, zeitgenössischen Gesellschaftsbild als männliche Identifikationsmuster herhalten konnten: gestählte Körper, Listenreichtum und Geschicklichkeit, athletische Bewährung, Tapferkeit im Zweikampf, *Areté*. Anders die Episoden um Philoktet, den Außenseiter. Sein Schicksal, im Schiffskatalog der Ilias angedeutet (2.716 ff.), war zwar in den Kyklischen Epen, in denen auch die Endphase des Trojanischen Krieges vorkam, besungen, allein: die Zeugnisse der Bildkunst geben das Sujet erst im 5. Jahrhundert. Das ist nicht nur bemerkenswert, weil die Geschichte längst bekannt war und insofern durchaus hätte dargestellt werden *können*, sondern vor allem deswegen, weil jetzt ein wirklich reges Interesse an der Philoktetfigur zu verzeichnen ist. Ein anderer Ausdruck dieser Aktualität, vielleicht auch beförderndes Moment, sind die Philoktetdramen der drei großen Tragiker. Gelungene Bildfassungen begegnen gehäuft und in verschiedensten Gattungen, insbesondere denen der Malerei, in eher privatem Verwendungsbereich ebenso wie in öffentlichen Kontexten.

Über die Veränderungen der Rezeption des Themas, auch

in Spätklassik, Hellenismus und schließlich der Neuzeit, einen Überblick zu gewinnen, ist das Ziel diachroner Methode. Der andere Zugang ist derjenige, der sich am Verlauf der Sage orientiert und fragt, welche Episoden wie ins Bild gesetzt wurden. Diese mythenchronologische, an sich unhistorische Annäherung (der Anfang eines Mythos kann in einer Spätzeit erfunden, sein Kern oder Schluß aber frühes Element der Überlieferung sein), birgt den Vorzug des Nachdenkens darüber, in welchen Elementen der Geschichte Möglichkeiten der Umsetzung ins Bild gesehen wurden: der Situation verdichteter Handlungsfolge, den Momenten dramatischer Konfliktzuspitzung oder einer ruhigen verinnerlichten Charakterstudie. Darin kann dann – jenseits der vielfach in der Forschung behandelten und zumindest für das 5. Jahrhundert häufig obsoleten Frage nach der Abhängigkeit mythischer Bilder von den Interpretationen der Tragödien – die Chance liegen, konzeptionelle Gemeinsamkeiten und Unterschiede, verbindende oder trennende Kompositionsstrukturen und Erzählarten von Bild und Text, Bezüge auch auf Ideengeschichte, Mentalität und Lebenswelt, und damit letztlich eminent historische Gesichtspunkte, in den Blick zu nehmen. Für unseren Durchgang sollen diachroner und synchroner Ansatz miteinander verbunden werden.

Im Fall der Philoktetsage sind folgende Ereignisse dazu angetan, im Bild dargestellt zu werden: die Verletzung durch den Schlangenbiß beim Opfer an Chryse auf der Insel Lemnos; der zurückgelassene und verletzt leidende Philoktet als Einzelfigur; Gesandtschaften von Griechen (oder Trojanern) nach Lemnos im zehnten Kriegsjahr; die Entwendung der Waffen des Herakles; Philoktets Heilung und Auftritt vor Troja (wobei Kampfbilder, etwa die Auseinandersetzung mit Paris, offensichtlich spät und selten sind [LIMC Nr. 77, 78] und hier beiseite bleiben).

Die Griechen haben auch einen ersten Trojanischen Krieg erfunden, der mythenchronologisch vor dem bekannten liegt, und diesen in Bildern und Texten ausgemalt. Die größte kollektive Tat der Vergangenheit sollte nicht ohne den mittlerweile so populären Heros Herakles stattgefunden haben, und man hat dies vermutlich vor allem im 6. Jahrhundert episch dargestellt. Herakles erhielt deshalb einen eigenen Feldzug nach Kleinasien, weil jedermann wußte, daß er einer älteren Heroengeneration angehörte. Die Waffen, die ihn dort zum Erfolg führten, waren Köcher und Bogen. Am Ende seines tatenreichen Lebens wurde er auf eigenes Geheiß auf einem Scheiterhaufen am Berg Oita auf der Insel Euböa verbrannt. Die Geschichte ist in Sophokles' Tragödie ›Die Trachinierinnen‹ (auch ›Die Frauen von Trachis‹) und im ›Hercules Oetaeus‹ des Seneca (1. Jahrhundert n. Chr.) ausführlich geschildert. Philoktet kommt ins Spiel, weil er als jugendlicher Begleiter des Herakles nun derjenige ist, der Bereitschaft zeigt, das Feuer zu entfachen, Herakles damit zu erlösen und so seine Apotheose und Aufnahme in den Olymp zu ermöglichen. Zur Belohnung erhält er die sagenhaften Waffen, und die narrative Voraussetzung für die Philoktet-Geschichte ist geschaffen.

Wenige Vasenbilder mit der Darstellung der Waffenübergabe sind erhalten. Sie stammen aus der ersten Hälfte des 5. Jahrhunderts. Früher ist eine Ausgestaltung der Episode wegen des fehlenden Interesses an der Philoktet-Figur auch nicht zu erwarten. Die Fragmente eines Kraters in Rom *(Abb. 1)* zeigen einen in neun Schichten aufgebauten Scheiterhaufen aus regelmäßigen Holzscheiten, bei dem durch Binnenzeichnung züngelnde Flammen und Feuerrauch angegeben sind. Der Brand ist also schon entfacht, und auf der obersten Lage aus lockerem Reisig liegt in der Tat der schon tote Herakles. An der oberen Kante des Bruchstücks erkennt man noch teilweise die verzerrten Züge im frontalen Gesicht der Leiche – eine nachdrückliche Kennzeichnung von Pathos, wie sie in dieser Intensität damals modern war. Um das Haupt ist des Helden angestammtes Bekleidungsstück, das Fell des erlegten Löwen von Nemea geschlungen. Die schlaffen Arme des Toten hängen außen am Scheiterhaufen herab. Rechts lehnt seine Keule. Das Bild verzichtet auf die explizite Darstellung der Waffenübergabe. Sie ist schon erfolgt, der Scheiterhaufen brennt, und Herakles ist tot. Um den narrativen Kontext nicht unklar zu halten, ist Philoktet, der sein Werk getan und den Bogen erhalten hat, noch anwesend. Er folgt rechts, in kurzem Chiton und einem Mäntelchen mit dunkler Bordüre. Leichte Schuhe aus wadenhohem elastischen Material, am Fuß geschnürt wie Sandalen, tragen ihn in deutlichem Ausfallschritt davon. In der Linken hält er den Bogen, eines der geschwungenen Enden ist gut sichtbar erhalten.

Die beiden Bildelemente, Herakles auf dem Scheiterhaufen und Philoktet mit dem Bogen, nehmen zwei Aktionsstränge, die jeweils Vor- und Rückverweise enthalten, zusammen. Der Heros, der mühevolle Taten mit Fell und Keule bestanden hat, ist bereits tot; der Scheiterhaufen scheint indes eben erst angezündet, denn er bleibt intakt, nicht ein Holzscheit ist schon zerfallen; Philoktet hat die Verbrennung ausgelöst und den Bogen überreicht bekommen, bricht aber nun zu eigener heroischer Bewährung auf und ist dem jugendlichen Alter und seiner Begleiterrolle entwachsen. Das Prinzip des Transitorischen setzt sich nach rechts fort, denn dort erkennt man gerade noch eine nicht benennbare weibliche Figur, die mit einer Hydria davoneilt. Es liegt in ihr eine proleptische Bedeutung, denn das Feuer wird gelöscht werden müssen. Die Hydria ist wohl noch leer gedacht, die Frau holt Wasser, mit dem sie zurückkehren muß (Frauen waren in der konstruierten Sprache der Bilder auf Vasen zuständig für jeglichen Wassertransport). Auf der anderen, linken Seite des Scheiterhaufens steht abgewandt Athena *(nicht im Bildausschnitt)*. Sie war die Schutzbegleiterin des Herakles, dreht der konnotierten Vergangenheit nun aber den Rücken zu.

Ein bisher nicht veröffentlichtes, nur in einem schlechten Foto bekanntes Gefäß in New Yorker Privatbesitz (LIMC Nr. 4) *(nicht abgebildet)*, das kaum ein Jahrzehnt nach dem zuerst betrachteten entstanden ist, führt ein grundverschiedenes Bildkonzept vor. In beinahe idyllischer Szenerie übergibt der noch lebende Herakles die Waffen. Er hat sich auf einem Scheiterhaufen niedergelassen, der wie eine Kline in der freien Natur anmutet. Im Hintergrund blüht ein Baum. Die Lagerstatt selbst ist ein langrechteckiges gezimmertes Holzbett, unterfüttert mit brennbarem Laub und Reisig. Der nackte Herakles hält Philoktet, der ganz ruhig und unberührt am Rande steht, seine Waffentasche mit Bogen und Pfeilen entgegen. Nichts trübt die Stimmung des Bildes. Allein durch das Brennmaterial unter dem Bett wird auf den bevorstehenden Flammentod verwiesen. Die Waffenübergabe rückt an die Seite und ist Nebenaspekt. Denn im Zentrum der Komposition liegt Herakles, kaum anders als in Darstellungen des Helden beim Symposion. Durch die Erinnerung an solch prestigeträchtige Schemata erhält das Bild allerdings eine merkwürdige Ambivalenz: es wird menschlicher Erfahrung scheinbar angenähert und zugleich als Chiffre eines gefahrlosen Dauerzustands schon vorausweisendes Zeichen für die Überhöhung und Aufnahme in den Olymp, die den Heros erwarten.

Eine dritte Lösung der Episode führt ein erneut fragmentierter Krater in Malibu vor *(Abb. 2)*. Der Bildausschnitt täuscht insofern, als die mächtig-feierliche Athenagestalt in Wirklichkeit die Mitte der Dreifigurenkomposition beherrscht. Rechts hinter ihr steht, Zuschauer und an der Aktion nicht beteiligt, ruhig der bärtige Herakles. Die Philoktetfigur links ist ein gerüsteter Krieger mit Helm, Schild und Speer. Nur die Waffen des Herakles fehlen noch, um, wie jeder weiß, den Sieg über Troja zu garantieren. Athena übergibt ihm gerade das Futteral an einem Tragriemen. Schon früh ist anhand anderer Philoktetbilder bemerkt worden, daß es sich dabei um einen Waffenbehälter, den sogenannten *gôrytós* handelt, in dem der Köcher steckt und der Bogen durch Querhalfter befestigt ist (Milani [1881] S. 252). Dies charakteristische antiquarische Detail begegnet in der Folgezeit nahezu stereotyp.

Man kann die Auflösung der mythischen Erzählkonvention in ein Bild, das Tat und Leistung der Waffenübergabe der Athena in die Hände gibt, nur als spezifische *lectio* der im demokratischen Selbstbewußtsein erstarkten Polis Athen interpretieren. Kampf und Erfolg vor Troja bilden jetzt einen kanonischen Bestandteil erfolgreicher Taten der eigenen myth-historischen Vergangenheit.

Zwei Bilder, die zur selben Zeit, voneinander höchstens durch den Abstand weniger Jahre getrennt, entstanden sind, führen ein neues Thema in die Bilderwelt ein, das als im Botenbericht erzählte Episode wohl in der Tragödie des Aischylos vorkam (Müller S. 22): das Opfer der Achaier im Heiligtum der Chryse auf Lemnos und der Schlangenbiß an Philoktet. Der wiederum großformatige und repräsentative Krater im Louvre, der allerdings stark zerstört ist, zeigt in der Bildmitte das altertümliche Idol der Chryse auf hohem Pfeilersockel an ihrem lemnischen Kultplatz *(Abb. 3)*. Der sakrale Bezirk ist markiert von zwei Säulen links und rechts, die vielleicht eine architektonische Rahmung und Überdachung des Kultbilds imaginieren sollen. Die Schlange befindet sich unter der Chryse-Figur und scheint in diesem Augenblick Philoktet anzugreifen. Der begibt sich in mächtigem Ausfallschritt nach rechts bereits auf die Flucht. Links kommt ein anderer Mann auf die Mitte zu und streckt Philoktet die rechte Hand entgegen. Er tritt nicht jung und gerüstet wie jener, sondern als älterer und deshalb bärtiger Grieche, bekränzt und in langem Mantel auf. Das Attribut in seiner Linken ist nicht sicher deutbar: ist es ein Gegenstand im Kontext des Opfers an die Göttin, von dem das Bild sonst nichts verrät (das Gebilde links vor der Statue ist vielleicht ein Felsaltar), oder möglicherweise ein Szepter? Man könnte an Agamemnon denken. Links und rechts folgen weitere Figuren *(nicht im Bildausschnitt)*, deren Benennung wegen fehlender Beischriften und des fragmentarischen Zustands offen bleibt.

Die gewandelte und fortschrittlichere Auffassung zeigt ein anderes Gefäß im Louvre *(Abb. 4)*. Hier ist die Aktion nicht statisch, es herrscht ein lebhaftes Treiben, in das alle sechs Figuren integriert sind. In einer hinteren Bildebene sieht man den Opferzug zum Kultbild der Chryse, das ganz auf die linke Seite neben den Henkel versetzt ist. Wieder kriecht das unheilvolle Reptil an der diesmal zweistufigen Kultbildbasis. Vorn steht wohl Agamemnon, hier mit einem Szepter. Dann folgt ein unbärtiger Jüngling mit aufgespießtem Opferfleisch, die Beischrift sagt: es ist Achill. Im Vordergrund ist der eben gebissene jugendliche Philoktet gerade hingestürzt. Er hat den Mund geöffnet und bleckt die Zähne im Schmerzschrei. Zu ihm beugt sich herab der Helfer und Freund Palamedes, den wir durch die Parallele eines etruskischen Skarabäus benennen können (LIMC Nr. 17), auf dem die Figur inschriftlich identifiziert ist. Hinter der Helfergruppe vorn bewegen sich zwei weitere bärtige Achaier nach links, ihre Blicke erschrocken auf die Schlange am Kultbild gerichtet, von denen der linke aufgrund eigener Beischrift Diomedes sein soll, der andere könnte Odysseus meinen. Der eigentümliche ruhige Fluß zweier miteinander verschränkter gesten- und blickreicher Handlungen und die exponierte Stellung der tragischen Philoktetgestalt prägen das früheste griechische Vasenbild, auf dem auch Philoktet durch Inschrift gesichert ist. Daß auch Diomedes anwesend ist, wird dann bedeutsam, wenn man bedenkt, daß er in den dramatischen Fassungen des Aischylos und Sophokles ausgeschlossen ist, während er in der archaischen Erzählkonvention der Philoktetgeschichte seinen Platz hatte und bei Euripides dann eine tragende Rolle beim Waffendiebstahl bekommt. Wieder zeigt sich die vom Drama ganz unabhängige und eigenständige Vorstellung des Mythos in der Bilderwelt der Vasen.

Mythenchronologisch am Anfang der Philoktetgeschichte steht seine Funktion als jugendlicher Begleiter des Herakles auf dessen Zug gegen Troja. Sie wird deshalb erst hier angeführt, weil sie in einer spezifischen Ausformung nachträglich zur Vervollständigung des Mythos erfunden wurde: Gemeint ist eine Gruppe von insgesamt fünf Vasen, die mit gewissen Variationen ein gemeinsames Thema formulieren, ein Opfer des Herakles an Chryse auf Lemnos (Vollkommer S. 55f. Nr. 409-413; Oenbrink S. 388f. Kat. F 3-6). Das Chryse-Kultbild gleicht in diesen Fällen in auffälliger Weise demjenigen der Philoktet-Version. Auf dem frühesten Bild, einem Krater der Zeit um 430 v. Chr. im British Museum, ist Philoktet als noch nicht erwachsener Begleiter inschriftlich benannt (Vollkommer Nr. 409; Oenbrink F 3).

Verschärft stellt sich noch einmal die Frage, die schon bei den frühklassischen Bildern mit Philoktet beim Schlangenbiß im Raum stand: Welchen Grund gab es für die Einführung des Zwischenhalts der griechischen Expeditionen auf der Insel Lemnos bei ihren Reisen zu kriegerischen Auseindersetzungen im Ausland in die Mythenerzählungen der Philoktet- bzw. Heraklesgeschichte? Was mag vor allem die konstruierte Verdoppelung des Opfer-Motivs in der Heraklessage, die literarisch nur beiläufig überliefert ist (Scholion zu Soph., Phil. 194), bedeuten. Zunächst – das wäre eine erzählimmanente Sicht – übersteht Herakles das Opfer unbeschadet, ihm passiert dergleichen Unglück nicht. So entsteht eine positive Schablone, Philoktets Schicksal erhält einen um so tragischeren Zug.

Aber in diesem Fall evidenter Weiterdeutung eines Mythos scheint mindestens eine allgemeine Erinnerung an die historisch-reale Bedeutung der großen Insel in der nördlichen Ägäis für Athen mitgewirkt zu haben (die Quellen jetzt neu besprochen bei: Salomon). Lemnos war noch in den letzten Jahren des 6. Jahrhunderts, also lange vor Gründung des Seebunds, vom späteren Marathonsieger Militiades für Athen erobert und mit attischen Kolonisten besiedelt worden. Es besaß militärstrategische Bedeutung und wurde *der* Stützpunkt auf dem Handelsweg zum Schwarzen Meer. Die Insel war schon prähistorisch besiedelt und von eigener ökonomischer Bedeutung wegen ihres fruchtbaren vulkanischen Bodens, und weil, wie reiche bronzezeitliche Funde belegen, hier eine extensive Metallverarbeitung stattfand. Kein Wunder, daß die Griechen Lemnos zur Heimat des Hephaistos erklärten (Ilias 1.593). Und auch die Argonauten ließen die Mythenerzählungen auf Lemnos Halt machen und mit den einheimischen Frauen Kinder zeugen, aus denen das spätere Herrschergeschlecht der Insel hervorgegangen sein soll (Schefold-Jung S. 25 f.). Um 450 v. Chr. ist die Zahl der Siedler auf Lemnos noch einmal erhöht worden. In diesem Zusammenhang steht auch die berühmte Bronzestatue der Athena Lemnia von der Hand des Phidias, die von den lemnischen Kolonisten auf der Athener Akropolis geweiht wurde (Paus. 1.28.2). Die Insel, Mitglied des Seebunds und attische Kleruchie, trat Athen in der Folgezeit immer wieder hilfreich zur Seite, so 441/40 bei der Aufnahme von Geiseln aus dem samischen oder 428/27 bei der

Beteiligung der Niederschlagung des lesbischen Aufstands und schließlich 413 vor der Entscheidungsschlacht der sizilischen Expedition.

Eines konkreten historischen Anlasses für die besprochene Mythenerweiterung auf den Vasenbildern bedarf es nicht; allerdings besteht kein Zweifel, daß Lemnos von eminenter Bedeutung für Athen gewesen ist und daher dringend in die in Bild und Text im 5. Jahrhundert aktuellen und beliebten Vergangenheitsgeschichten integriert werden mußte (Schefold S. 194 f.). Merkwürdigerweise stilisiert allein Sophokles gegen den historischen Befund, gegen alle literarische und ikonographische Tradition Lemnos zum unbewohnten Eiland. Er wollte damit die Einsamkeit Philoktets steigern; es kann aber auch mitschwingen, daß nach dem Scheitern der sizilischen Expedition und dem sich damit anbahnenden Bruch im Schicksal Athens Sophokles, als er gerade zu dieser Zeit mit der Ausarbeitung des ›Philoktet‹ begann, Lemnos fiktiv auch in metaphorischem Sinn für das athenische Publikum als ›leer‹ erscheinen lassen wollte.

Die fragmentierte Schale im Privatbesitz Cahn *(Abb. 5)* ist deshalb von besonderer Bedeutung, weil sie das früheste erhaltene Bild des Philoktet in seiner Höhle auf Lemnos zeigt, wobei der Moment skizziert ist, in der der Waffendiebstahl offensichtlich unmittelbar bevorsteht. Die Spannung der Mythoserzählung im Bild entsteht – wie in der frühklassischen Malerei so häufig – dadurch, daß in der verhaltenen Konfiguration der Handlungshöhepunkt noch ausgespart bleibt, der Betrachter ihn jedoch vor seinem geistigen Auge bereits vorstellt.

Am linken Rand des Fragments sitzt Philoktet, im Profil nach rechts, bekleidet mit einem kurzem Chitoniskos. Sein Kopf ist leicht gesenkt, der Blick scheint sich im Boden vor ihm zu verlieren. Markant wirkt das Gesichtsprofil mit schütterem Stirnhaar und fransigem Bart. Auf dem schwarzen Grund vor ihm ist in Kinnhöhe blaß, aber zweifelsfrei lesbar die vollständige Namensbeischrift erhalten. Darüber hängt das Futteral mit den Waffen, diesmal sind auch die Einzelheiten präzis wiedergegeben und gut zu erkennen: An zwei perspektivisch verkürzten Schnüren nach oben ist das Utensil in der Höhle aufgehängt; durch Querriemen wird der Bogen gehalten. Die Verschlußklappe des Behältnisses, das die zugehörigen Pfeile birgt, ist geöffnet – man möchte fragen: schon oder noch? Denn in der Tat tragen solche Details bei entsprechender Qualität der Zeichnung nicht zufälligen Charakter. Entweder steckt dahinter die Betonung der Lebensnotwendigkeit der Waffen für Philoktet, der allein damit seine Nahrung beschaffen kann, oder es ist ein proleptischer Hinweis auf deren Diebstahl.

Neben dem frontal gesehenen felsigen Höhlenrund steht rechts Odysseus, das rechte Bein mit geschnürtem Stiefel hochgestellt, den Kopf in die Hand des aufs Knie gesetzten Arms gestützt. Er schaut auf Philoktet, zupft nachdenklich sinnend seinen Bart. Seine Lippen sind leicht geöffnet, aber er scheint nicht zu sprechen. Am linken Oberarm packt ihn von hinten ein Komplize.

Wegen der bruchstückhaften Erhaltung bleibt der weitere Sinnzusammenhang der Szene und damit die Entscheidung für eine bestimmte Version des Mythos vorerst offen. Die Stücke stammen vom Innenrund einer friesartig bemalten Schale. Welche Motive, Szenen und Figuren gehörten noch zu der Komposition? Gab es andere Philoktetbilder, weitere Szenen mit trojanischen Helden? Kann man etwa Diomedes beim Raub des Palladions erwarten, wie er als Pendant zum Bogendiebstahl für das Gemälde in der Pinakothek auf der Athener Akropolis (wahrscheinlich von Polygnot) bezeugt ist? Und wie sah das besprochene Bild vollständig aus? Befanden sich links von der Höhle noch zugehörige Figuren,

Sterbliche oder Götter? Wer ist der Kompagnon des Odysseus? Ist er nur Handlanger, und wird »der große Filou« (wie Rudolf Hagelstange ihn nannte) die Tat allein bewerkstelligen, oder tritt der Gehilfe ihm entscheidend zur Seite?

Gerade die Einordnung und Deutung dieses noch nicht lange Zeit bekannten Gefäßes läßt die Gefahren einer zu engen Perspektive auf das Verhältnis von Text und Bild symptomatisch deutlich werden: Das Schalenbild konnte nur in der Ableitung von einer der drei bekannten Philoktet-Tragödien legitim erklärt sein. Zuerst war klar, daß es »unter dem unmittelbaren Einfluß der Aufführung des euripideischen Philoktet von 431 entstanden sein muß«; der Vasenmaler »gestaltet nach der Erinnerung, die er aus der Tragödienaufführung im Dionysostheater mitgenommen hat«, und infolgedessen »haben wir ein Vasenbild ..., für das es ein absolutes Datierungskriterium gibt« (Müller S. 179-184). Allein, selbst wenn Neufunde oder methodische Reform kleinere Korrekturen brächten, bleibt doch das Netz der relativen Vasenchronologie im 5. Jahrhundert so dicht, daß ein Bezug auf die Tragödie des Euripides auszuschließen ist: Der Maler der Baseler Vase hat seine Tätigkeit spätestens 450 v. Chr. eingestellt und ist mit dem Gros seiner Produkte ein typischer Vertreter der Künstlergeneration des zweiten Jahrhundertviertels! Und so erfolgte alsbald die archäologische Korrektur, allerdings nun mit der nicht minder spekulativen ›Zuweisung‹ der Vase an den aischyleischen Philoktet (Simon [1996a] S. 35).

Bei der Erörterung dieser Frage wurde auch angeführt, daß »auf der Scherbe Cahn ... das Bühnenbild selbst zu erkennen« sei (Simon [1996b] S. 369). Gemeint ist wohl die Angabe der Lokalität des Geschehens, Höhle und felsiger Grund – also etwas von der weitreichenden Behauptung zunächst Grundverschiedenes. Allerdings verbindet sich mit der örtlichen Zuordnung der Entscheidungshandlung des

Mythos die generelle Überlegung, mit welchen Mitteln die Vasenmalerei denn überhaupt die Aufgabe der Zeichnung einer Höhle etwa zu lösen vermocht hat (s. dazu Siebert).

Die Hauptschwierigkeit für die Maler lag darin, wie Höhlen und ihre an sich eigenen Lichtverhältnisse weitgehend ohne perspektivische Mittel und mit nur begrenztem Farbspektrum überhaupt zu malen sind, wie Innen und Außen unterschieden werden können. In der schwarzfigurigen Vasenmalerei hat man sich deshalb in der Regel mit der bloßen Angabe der Höhleneingänge im Profil begnügt. Bekanntlich öffneten die neuen Möglichkeiten der rotfigurigen Technik allgemein den Sinn für die komplexeren Schräg-und Frontalansichten von Figuren und Gegenständen. Und es ist nicht von der Hand zu weisen, daß dabei (insbesondere in der zweiten Hälfte des 5. Jahrhunderts) die durch entsprechende Tragödienstoffe vor neue Anforderungen gestellte Skenographie Einfluß auf die kleinformatige Malerei ausgeübt haben dürfte. Das meint in unserem Fall etwa die Differenzierung des Felsgesteins in Farbe und Schattierung und die räumliche Konzeption der Höhlen, heißt aber beileibe nicht, daß jede Höhle im Vasenbild Bühnenreminiszenz ist.

Ein stimmungsgeladenes Bild gibt das Gemälde auf einer New Yorker Lekythos der Zeit um 430 v. Chr. *(Abbildung auf dem Umschlag)*. Das Gefäß aus der ehemaligen Sammlung des römischen Kardinals Castellani stammt wahrscheinlich aus Athen selbst. Einsam sitzt hier der Held auf einer Felserhebung, auf die schon reichlich Blut getropft ist. Den verletzten und verbundenen linken Fuß hat er hochgestellt. Die Linke umfaßt das angezogene Knie, mit der Rechten stützt er sich rückwärts ab. Die Kleidung besteht erneut ausschließlich aus einem kurzen Chiton. Kopf- und Barthaar sind lang (immerhin ist er schon eine Weile auf der

Insel), aber nicht sonderlich ungepflegt. Dem unbekannten Maler ist ein stimmiges und ausdrucksstarkes Einzelbild gelungen, ein »ritratto in un attegiamento patetico e cogitabondo« (Milani [1881] S. 261). So überrascht es nicht, daß man schon früh die Verbindung mit einem literarisch bezeugten Werk des Malers Parrhasios gesucht hat (Milani, Robert, Séchan), der in der zweiten Hälfte des 5. Jahrhunderts große Berühmtheit erlangt hat.

Auch hier ist aufschlußreich zu sehen, ob und wie die Höhle des einsamen Heros angedeutet ist. Normalerweise sind dafür Felsgestein und Pflanzenwuchs als Signet des Ambientes in der freien Natur konstitutiv. Beides ist in dem Bild vorhanden, dennoch scheint die eigentliche Höhle zu fehlen. Allerdings biegen sich die Äste des blattlosen kargen Baums in auffälliger Krümmung zum Schutz über Philoktet. Auf höchst subtile Weise ist so auf das vom Betrachter eigentlich erwartete Höhlenrund angespielt, die schirmgleiche Baumkrone steht als Abbreviatur der Behausung. Wie perfekt die Idee gestaltet ist, wird daran deutlich, daß durch den Effekt der Kurvatur eine enge Korrespondenz auch zum Konturverlauf des kleinen Ölgefäßes geschaffen ist. Denn, was man in der abgerollten Umzeichnung nicht erkennen kann, die Biegung des Baums schmiegt sich der Vasenform gleichsam an und umgekehrt, ihr Scheitel liegt dort, wo der Gefäßbauch zur Schulter umschwingt. Damit ist jedoch ein dermaßen gattungsimmanentes Konzept beschrieben, daß daraus auch starke Argumente gegen die häufig angestellte Vermutung einer Übernahme des Bilds im ganzen nach Vorbildern der Wandmalerei erwachsen.

Freilich muß man zugestehen, daß, wenn man sich auf die Philoktetfigur selbst beschränkt, spätere Bildzeugnisse existieren, die ein zumindest ähnliches typologisches Schema vorführen. Sie lassen sich aus insgesamt recht zahlreichen Beispielen der Kleinkunst, die eine große Bandbreite an Typenvariationen des sitzenden und des stehenden Philoktet zeigen, herausfiltern. Im Sitzschema und auch zeitlich der Lekythos am nächsten kommen ein wohl noch klassischer Skarabäus in Athen (LIMC Nr. 22) und Bronzemünzen der thessalischen Stadt Lamia aus der Zeit um 360 v. Chr., die stolz das Bild des heimischen Helden auf die Rückseiten ihrer Geldstücke setzt *(beide nicht abgebildet)*. Allerdings reichen die Gemeinsamkeiten nicht aus (auf den Münzen und der Gemme ist Philoktet außerdem nackt dargestellt), um der unterbrochenen Überlieferungsreihe in einer Weise Zwischenglieder einzufügen, daß Abhängigkeiten oder Vorbilder wirklich nachgewiesen werden könnten.

In den Bereich der Aufnahme des Philoktetstoffes in Großgriechenland führt das Bild auf einem großen rotfigurigen Krater (Höhe 43,5 cm) des beginnenden 4. Jahrhunderts aus Syrakus *(Abb. 6)*. Die Werkstatt, die wohl am Ort zu lokalisieren ist, ist bekannt, sie steht mit Themenauswahl und Figurentypen noch deutlich in der Tradition und Abhängigkeit von der attischen Malerei. Dennoch ist ein neuartiges und eigenständig komponiertes Bild entstanden, dessen Interpretation Kontroversen in der Forschung ausgelöst hat. Im Zentrum sitzt im Felsenrund der Höhle Philoktet auf einem mit Pantherfell bedeckten Fels. Sein Gewand ist prächtig bestickt, prägnante Gesichtszüge und das volle Haupt-und Barthaar bedeuten: er ist kein Jüngling mehr. Signifikantes Bildelement der Sitzfigur ist der betont vorgestreckte und auf den Fels gestützte linke Fuß. Hier liegt der Kern der Geschichte, die Verletzung durch den Schlangenbiß. Die große weiß gedeckte Vogelfeder in der gesenkten Rechten des Helden kann Linderung verschaffen, wenn Philoktet mit ihr kühle Luft auf die Wunde fächelt. In der linken Hand hält er den Bogen. Daneben ist die entleerte Waffentasche aufgehängt. Über ihm im Zenit des Höhlenbogens baumeln verloren kopfüber drei kleine erlegte Vögel, weniger strahlende Jagdtrophäe als Verweis auf das spärliche Dasein des Einsiedlers.

Auffällig wirkt der Blick der Zentralfigur, nicht völlig frontal, aber doch aus dem Bild heraustretend, ohne jede szenisch-kommunikative Kraft. Und so bleiben die übrigen Figuren, zwei Paare im Gespräch, scheinbar ganz für sich, eine Außenwelt. Links steht Athena erhöht auf felsigem Grund, halb von der Höhle verdeckt, gerüstet mit Helm und Schild. Der ausholende Gestus der Rechten begleitet ihre Worte, die sie an einen jungen Mann am linken Bildrand richtet. Der ist mit überkreuzten Beinen lässig an einen Baumstamm gelehnt und erinnert als auch stilistisch vielleicht jüngstes Element des Bildes stark an zeitgenössische statuarische Plastik im Mutterland. Ihn kleiden allein ein Mäntelchen, geschnürte Reisestiefel und ein pilosartiger Helm, der aber auf Grabreliefs und Vasenbildern der Zeit so verbreitet ist, daß er als isoliertes Signet keine bestimmte Herkunft oder mythische Benennung sichern kann (Lohmann S. 61, 168). Halb von der angedeuteten Höhle verdeckt, Rücken an Rücken mit Athena ist die Büste des Odysseus gemalt, ein bärtiger reifer Mann mit dem Pilos im Nacken. Er hält einen Gegenstand vor sich einer weiblichen Figur entgegen: nicht sein Schwert, wie man vielleicht erwarten könnte, sondern vielmehr den noch verschlossenen Köcher mit den Pfeilen des Herakles darin, bereits entwendet aus dem nun leeren *gôrytós*. Die reich gekleidete junge Frau rechts ist gewiß keine Göttin, dafür fehlt ihr jedes sichtbare Zeichen oder Attribut. An sich also eine Sterbliche, vielleicht eine Heroine, vermittelt ihre Kopfneigung hin zum sitzenden Philoktet zwischen ihm und Odysseus. Man hat mit gewissem Recht an die Personifikation einer abstrakten Eigenschaft oder Tugend gedacht, wie sie in der Bildersprache seit dem späten 5. Jahrhundert gehäuft auftreten: *Peithó* als Vertreterin der Überredungskunst oder die Ortsnymphe der Insel Lemnos?

Es wurde nun eifrig überlegt, welche literarische Version das Bild aufgreife. Die Anwälte des Euripides sahen in dem Jüngling links entweder den von Athena unkenntlich verwandelten Odysseus (Müller) oder Diomedes (Trendall, Simon), bei einer Deutung auf Sophokles (Pace, Schefold) mußte es Neoptolemos sein. Aber mit der Beschränkung auf diese Kontroverse wird man dem meisterlich komponierten Bild nicht gerecht. Es ist bekannt, daß gerade die unteritalischen Vasenbilder des 4. Jahrhunderts zwar engere Analogien zu Struktur und Inhalt der Dramen, eine gewisse »Textnähe«, aufweisen (Giuliani). Gern verdichten sich Handlungsstränge (wie in den Tragödien) an lokalen Fixpunkten: Altären, Heiligtümern, Höhlen. Allerdings sind die Maler keineswegs Illustratoren der Texte, sie kombinieren immer wieder Elemente verschiedener Umsetzungen des mythologischen Stoffs zu einer eigenen neuen. Man hat gesehen, daß die Vasenbilder der Zeit sich durch »Redereichtum« und »Handlungsarmut« zugleich auszeichnen (Giuliani S. 154) – dies aber gerade im weitgehend freien Umgang mit entsprechenden literarischen Formungen des Mythos. Unter den (überlieferten) dramatischen Philoktetfassungen scheint in der Tat die euripideische die deutlichste Spur in dem Syrakusaner Bild hinterlassen zu haben, eine bestimmbare Szene aus der Tragödie ist hingegen nicht vorgestellt.

Der Dekor und die Funktion des Gefäßes eröffnen zusätzlich aber erweiterte Sinnebenen: Betrachtet man die Distanzen zwischen den einzelnen Elementen und Figuren im Bild, fällt auf, daß der Ephebe links einen ganz eigenen Gestaltraum behauptet, während die übrigen Figuren sich doch um die Höhle gruppieren. Er hingegen ist in deutlichem Abstand zur Behausung des Philoktet plaziert, und damit ist auch ein abweichender semantischer Raum figuriert: Der Ephebe kommt aus der Stadt, er ist noch ungewappnet, das erfolgreiche oder tragische Schicksal heroischer Kämpfer, wie es mythische Paradigmata erzählen, steht ihm erst noch bevor.

So erhält die Möglichkeit einer von sepulkralen Bedingungen mindestens beeinflußten Bildaussage weiteres Gewicht. Der Krater wurde (wie mindestens drei andere Gefäße desselben Malers auch, auf denen er übrigens ebenso Mythen darstellt, die wir auch aus dramatischen Fassungen des Euripides kennen: Orest und Elektra, Bestrafung der Dirke) in der Fusco-Nekropole von Syrakus gefunden. Das heißt, auf jeden Fall in letzter Verwendung hat er sich diesem Kontext eingepaßt. Der zentrale Held, der kaum anders das Bild bestimmt als die Verstorbenen in ihren Grabädikulen auf den vor allem in Apulien im 4. Jahrhundert so verbreiteten Vasen, und sein merkwürdiger Blick aus dem Bild hinaus in die Ferne könnten diese Deutung unterstützen. Zu fragen wäre dann, ob die unscheinbar unter dem Sitz des Philoktet halb in die Erde eingegrabene Amphora, anstatt auf Vorratshaltung in der Höhle des kranken Heros zu deuten, nicht vielmehr einen Verweis auf Totenriten beinhaltete. Und die Figur am rechten Bildrand könnte eine Personifikation mit sepulkralsymbolischer Bedeutung, eine Begleiterin ins Jenseits meinen.

Mit der Syrakusaner Vase verbindet sich die generelle Frage nach der Rezeption des Philoktet-Mythos in der Magna Graecia. Während das homerische Epos noch von Philoktets glücklicher Rückkehr in den thessalischen Heimatort Meliboia nach dem Fall Trojas berichtet (Od. 3. 190), ließ ihn wie andere trojanische Helden auch (so etwa Diomedes und Epeios, den Baumeister des hölzernen Pferdes vor Troja) eine jüngere, spätestens im Frühhellenismus greifbare mythographische Tradition nach Unteritalien gelangen und hier heimisch werden. Philoktet sei, so heißt es in freilich vielfach voneinander abweichenden und bis in byzantinische Zeit weitergesponnenen Sagenvarianten, am Südwestzipfel Italiens in der Gegend zwischen den alten Großkolonien Kroton und Sybaris im Land der Bruttier gelandet. Dort habe er die – tatsächlich nur wenig bedeutenden – Städte Krimissa, Petelia, Makalla und Chone gegründet. In Makalla habe er dem Apollon einen (identifizierten und in seinen geringen Resten auch ausgegrabenen) Tempel erbaut und in die Cella die Waffen des Herakles als Reliquien gestiftet, am Ort sei er später auch beerdigt worden. Die vornehmlichen Textbelege für diese Mythenkonstruktionen stammen aus einer pseudoaristotelischen Schrift, der insbesondere die Arbeiten des sizilischen Historikers und Ethnographen Timaios von Tauromenion als Quelle dienten, und aus einem Gedicht des alexandrinischen Poeten Lykophron (Schmitt; Musti in: de la Genière S. 21 ff.). Eine Schwierigkeit entsteht dadurch, daß hier zusätzlich von einem Einfall rhodischer Kolonisten die Rede ist, an deren Seite Philoktet gekämpft habe und auch gefallen sei. Analysiert man behutsam diese Überlieferung, bleiben als wahrscheinlicher historischer Kern einige kleinere Stadtgründungen rhodischer Seefahrer vielleicht bereits des 7. oder 6. Jahrhunderts und sekundär eine Lokaltradition spätestens des ausgehenden 4. Jahrhunderts, die erst die Verbindung zwischen Philoktet und diesen Städten schafft. Um dem Trojakämpfer heroische Ehren zuteil werden zu lassen, bedurfte es des Aktes der Stadtgründung(en) und der Reliquienstiftung im Tempel. Hier und am sicher tatsächlich vorhandenen Grabhügel konnte die Verehrung im Kult vollzogen werden. Damit waren Erinnerungsmale und ein neues Stück Myth-Historie in der Region geschaffen, das die eigene Vergangenheit heroisch aufwertete, um auch die gegenwärtige Bedeutung zu mehren. So glaubte man.

Im etrurischen Mittelitalien ist die Philoktet-Geschichte spätestens seit dem frühen 4. Jahrhundert geläufig gewesen. Denn in diese Zeit datieren die ältesten hier zu lokalisierenden Bilder auf bronzenen Spiegeln und in der Glyptik. Eine besondere Rollen spielen vor allem im 2. Jahrhundert v. Chr. die Volterraner Aschenurnen aus kostbarem Alabaster mit ursprünglich farbiger Bemalung des Stucküberzugs *(nicht abgebildet)*. Das waren feine kleine Sarkophage einer auch literarisch gebildeten wohlhabenden Bevölkerungsgruppe. Häufig begegnen hier griechische Mythen, und es fällt allenthalben auf, daß dabei Bildvarianten vorherrschen, die den dramatischen Fassungen des erfolgreich ›exportierten‹ Euripides zumindest nahekommen. Im Fall des Philoktet sind es drei Gruppen solcher Urnen, die uns verlorene, vorgefundene szenische Kompositionen jeweils neu und anders eklektisch zu einem Relief zusammenfügen: Einmal ist es der bewegt stehende Philoktet zwischen zwei Gesandtschaften nach Lemnos, der trojanischen rechts, die ihn unter schmeichelhaften Angeboten auf ihre Seite zu ziehen versucht, der griechischen links, der er sich schließlich zuwenden wird (LIMC Nr. 57-59). Diesen Antagonismus der beiden Kriegsparteien kennen wir unter den erhaltenen literarischen Fassungen nur von Euripides (Müller S. 122 ff.). Eine zweite Gruppe der Urnenreliefs (LIMC Nr. 62, 63) setzt Philoktet, auf dem Fels hockend, schwermütig und trübsinnig auf einen Stock gestützt, im Rund seiner Höhle ins Zentrum; links kommt Odysseus mit Beifiguren vom Schiff, rechts ereignet sich der Waffendiebstahl: eine szenische Konstellation in an sich klassischer Tradition. In einer dritten, typologisch jüngeren und kompilierten Variante (LIMC Nr. 64, 65) sind Waffendiebstahl rechts und medizinische Behandlung des erneut mittig plazierten Philoktet miteinander verbunden, wobei unklar bleibt, ob – zeitlich gerafft – die Erstversorgung nach dem Schlangenbiß erinnert wird oder bereits diejenige nach Verlassen der Insel vor Troja gemeint ist. Das lebendige Bewußtsein um die Haupthandlungsstränge des Mythos scheint hier schon gebrochen.

Einen eigenen Motivstrang der Philoktetbilder begründen solche, auf denen der kranke Heros nackt und beinahe liegend im Profil dargestellt ist. Charakteristisch für diese Fassungen, die in der hellenistischen italischen und griechischen Glyptik beliebt waren (LIMC Nr. 34-37, 66) ist das Fächeln am Bein mit einer Vogelfeder, wie es bereits auf dem Syrakusaner Krater begegnete *(Abb. 6)*. Das vielleicht berühmteste Stück dieser Reihe ist die sogenannte Boëthos-Gemme *(Abb. 7)*. Es handelt sich um einen Kameo aus Sardonyx, der sich früher in einer englischen Privatsammlung befand und zwischenzeitlich als verschollen galt, deutlich sichtbar signiert von dem hellenistischen Kameoglyphen Boëthos. Die vorzügliche Arbeit wurde schon von Milani und Furtwängler erkannt und richtig gedeutet. Auch hier kauert der bärtige Philoktet auf einem offensichtlich mit einem Tierfell bedeckten Fels nach links. Das verletzte rechte Bein ist bis zur Wade verbunden, zusätzlich hantiert er mit der Feder, um lästige Fliegen, die sich an dem kranken Fuß sammeln, zu vertreiben. Kopf und Unterkörper sind im Profil, der fein gezeichnete Oberkörper in der Dreiviertelansicht gegeben. Die Stilzüge sprechen für eine Entstehung in der ersten Hälfte des 2. Jahrhunderts v. Chr. Auch deshalb mag man an die berühmte Bildhauerfamilie denken, doch die Spezialisierung der Künste spricht zunächst eher gegen die Identität mit einem gleichnamigen Familienmitglied. Allerdings gelang kürzlich die Entdeckung, daß sich unter den Siegeln von Delos ein exzellentes Exemplar befindet, das einen sitzenden Herakles in ähnlicher Ruhepose zeigt und auf dem eine identische Signatur geschrieben steht (Boussac).

Da das Siegel sicher ebenfalls hochhellenistisch ist und die Darstellung in der Tat dieselbe persönliche Handschrift verrät, gibt es keinen Zweifel, daß es sich um *einen* Künstler handelt. Möglicherweise läßt sich so doch der Zusammenhang zu der angesprochenen Familie herstellen, die in derselben Zeit auch auf Delos arbeitete und zu der, wie die schriftlichen Quellen bezeugen, neben Bildhauern auch Toreuten gehörten; ein dritter oder vierter Boëthos in der Verwandtschaft, nun ein Gemmen- und Siegelschneider, käme da nicht überraschend. Jedenfalls bleibt für die Kenntnis der Gemme das zweite Werk derselben Hand in einer verwandten Gattung die Bestätigung der Datierung und die wahrscheinliche Herkunft aus dem griechischen Osten. Und das ist für die Verhältnisse der hellenistischen Glyptik schon äußerst viel.

Auf den Reliefs der Volterraner Urnen fand sich als zweites Schema das eines mehr aufrecht sitzenden, auf einen Stock gestützten Philoktet mit gekrümmtem Oberkörper (s. o.). Es ist deshalb von weiterer Bedeutung, weil es bis in die Kaiserzeit Konjunktur hat. Prominent ist das Relief auf einem exquisiten Silberbecher in Kopenhagen *(Abb. 8)*, der gemeinsam mit seinem Pendant nach dem Fundort, einem germanischen Fürstengrab bei dem dänischen Ort Hoby, benannt ist. Unberührt von der Frage, ob die Becher als toreutische Kopien oder Umsetzungen einer (stadtrömischen) Vorlage womöglicher anderer Gattung nach Norden kamen, sind die von einem Künstler mit dem sprechenden Namen Cheirisophos signierten Exemplare Meisterstücke augusteischer Silberkunst und gelehrter klassizistischer Bildersprache. Die auf den Reliefs der Becher gezeigten mythischen Paradeigmata beziehen sich in komplizierter und auch für den antiken Betrachter kaum ohne ein gehöriges Maß literarischer Bildung verständlichen Weise aufeinander. Der eine Becher zeigt eine der letzten in der Ilias geschilderten Begebenheiten: Priamos, der ins Lager des Achill kommt und um die Herausgabe seines gefallenen Sohnes Hektor bittet. Der andere gibt zwei Philoktetbilder. Zu Recht erkennt man dabei neuerdings auf der einen *(hier nicht abgebildeten)* Seite die medizinische Erstversorgung Philoktets direkt nach dem Schlangenbiß (Müller, Simon). Da hockt der jugendliche Philoktet halb, halb liegt er, von hinten gestützt durch den Freund Palamedes. Hinter beiden hängen die Waffen am Baum, das Reptil schlängelt sich am Boden davon. Der Verletzte streckt schmerzhaft den kranken Fuß vor, ihm wird von dem Arzt der Achaier und Asklepiossohn Machaon professionell geholfen.

Das Gegenbild *(Abb. 8)* gibt im Zeitsprung von zehn Jahren den Besitzerwechsel der Waffen des Herakles. Hier ist es der alte Mann mit zottigem Haar und Bart, der auf einem Fels hockt und sich von Schmerz und Einsamkeit gepeinigt vornübergebeugt auf einen krummen Holzstab stützt. Ihm gegenüber hat Odysseus ganz entspannt Platz genommen und redet auf den Kranken ein, der wie so oft auf den Bildern dieses Aufeinandertreffens ihn nicht anblickt, sondern nach unten ins Leere starrt. Die Höhle ist nicht gezeigt, aber durch den felsigen Grund wird das Ambiente markiert. Und der (klein geratene) *gôrytós* ist bereits entwendet, denn Odysseus führt ihn mit seiner Rechten nach hinten einem jugendlichen Helfer zu. Rechts von Philoktet steht ihm abgewandt ein anderer junger Mann, der einen erlegten Vogel an den Füßen hochhält: nach einleuchtender Deutung (Müller S. 145 nach Friis Johansen) könnte es sich um den Lemnier Aktor handeln, der dem Helden in der Tragödie des Euripides auf der Insel beistand. In der Retrospektive wird also ein ganz anderer Beutezug vorgeführt, der bislang das Überleben auf der Insel mit gesichert hatte. Da bislang kein anderes Philoktetbild vorliegt, in der die Figur Aktors zweifelsfrei begegnet und das womöglich einer anderen (voreuripideischen oder der bildenden Kunst immanenten) Tradition zuzuordnen wäre, kann in der Tat eine Beziehung zwischen den Becherreliefs und der euripideischen Fassung als wahrscheinlich gelten. Die Annahme erhärtet sich dann, wenn man in dem jugendlichen Helfer des Odysseus auf dem Becher Diomedes erkennt. Jedoch ist auch hier keine Szene der Tragödie wiedergegeben, soweit sich das aus den Fragmenten des Dramas erschließen läßt. Denn von der Entwendung der Waffen hatte dort Diomedes nur berichtet, als er triumphierend aus der Höhle trat, die natürlich hinter der Bühne lag.

Bevor die Hoby-Becher 1920 gefunden und kurz darauf bekannt gemacht worden waren, hatte man meist das Bild der New Yorker Lekythos *(Abbildung auf dem Umschlag)* mit dem Philoktet-Gemälde des Parrhasios verbinden wollen. Jetzt bot sich die vollständigere und deshalb ansprechendere Szenerie des einen Bechers an (vgl. z.B. Schefold-Jung S. 271 f.) – die Hypothese bleibt nicht minder spekulativ. Im übrigen trägt die Zusammenstellung der Figuren auf den Philoktetreliefs unter formalen Gesichtspunkten deutlich eklektische Züge; für manche wären stilistische Vorbilder vielleicht im 5. Jahrhundert auszumachen, andere (wie der alte Philoktet etwa) weisen in Aufbau und Einzelzügen kaum über den frühen Hellenismus hinaus.

Die beiden letzten aus dem Bereich der Antike ausgewählten Beispiele führen das bislang kaum betrachtete Motiv des stehenden Philoktet vor. Für eine erst vor einigen Jahren bekanntgemachte Kölner Bronzestatuette *(Abb. 9)* konnte im Ausschlußverfahren die Deutung auf Philoktet immerhin wahrscheinlich gemacht werden (Thomas). Bei der Figur mit einer Höhe von 23,5 cm handelt es sich um einen nackten bärtigen und nicht mehr jungen Mann, der vor allem durch seinen labilen Stand und die Armhaltung ausgezeichnet ist. Beide Knie sind deutlich gebeugt, das rechte etwas stärker, während der linke Fuß nicht mit ganzer Sohle aufsetzt. Oberhalb des kräftigen Knicks in der Taille richtet sich der Oberkörper dennoch weitgehend gerade auf. Dies wird möglich, weil die Figur sich an einem (verlorenen) Stab offensichtlich mit beiden Armen festhält, ja beinahe hochzieht. Das Motiv und die Position des stützenden Geräts ist durch die erhaltene rechte Hand gesichert. Die linke griff den Stock etwas oberhalb. Der Kopf ist nach links gewandt, die Blickrichtung weist geradeaus über die Schulter.

Die um die Mitte des 19. Jahrhunderts in Köln aufgetauchte Figur könnte wie einige wenige andere griechische Bronzen auch durchaus in der früheren Kaiserzeit an den Rhein gelangt sein. Ihre Entstehung liegt vermutlich früher, denn die trotz der zerstörten Oberfläche deutlichen stilistischen Eigentümlichkeiten weisen noch in den Hellenismus. Die verkanteten Achsen im Aufbau der gebrochen und nicht flüssig tordierten Figur und die Betonung der schwellenden Einzelformen des kräftigen Oberkörpers lassen an die Zeit um oder kurz vor 150 v. Chr. denken (ähnlich Ritter; Thomas: spätes 4. Jahrhundert).

Eine mythische Interpretation ist wegen der motivischen Besonderheit nahegelegt, letzte Zweifel an der Philoktet-Deutung bleiben gleichwohl bestehen. Das Zurücklehnen des Körpers und der unsichere Stand könnten aber gut auf eine Verwundung deuten, außerdem entsteht der Eindruck von jemand, der sich gerade unter Mühen aus einer Sitzposition aufgerichtet hat, der jedoch weder läuft noch hinkt.

Sicher ist die Deutung eines römischen Wandbilds, das im vergangenen Jahrhundert in Pompeji gefunden (Casa del Centenario, Ala 20) und ins Neapeler Nationalmuseum verbracht wurde *(Abb. 10)*. Es ist ein Einzelbild vielleicht schon vespasianischer Zeit ohne szenischen Kontext. Aus den übrigen Bildern, die dieselbe Wand schmückten, eine Roma mit Schild und Tropaion und eine Sakrallandschaft, ein umgreifendes Thema für ein Bildprogramm abzuleiten, wird kaum möglich sein. Aber die Philoktetfigur ist in Habitus und Aktion ganz eindeutig zu lesen: erneut ein stehender nackter Alter, der sich auf einen Stock stützt. Diesmal ist er annähernd aufrecht, nicht gebeugt, und scheint im Begriff, vorwärts zu hinken. Ein kleines Mäntelchen hängt über der Schulter, links trägt er wohl an einem Trageband den *gôrytós*, der rechte Fuß ist hier der verbundene und verletzte.

Berühmt und in der Wirkung nachhaltig schon auf den antiken Betrachter war eine Statue des Bildhauers Pythagoras von Rhegion, die in Syrakus stand und einen Hinkenden zeigte; beim Anblick des Wundgeschwürs empfand man selbst Schmerz, so die Charakterisierung bei Plinius. Pythagoras, Zeitgenosse und Rivale des Atheners Myron, war gegen 510 v. Chr. auf Samos geboren, bald jedoch nach Unteritalien ausgewandert. Dort standen auch die meisten seiner Werke, wobei er weiterhin Aufträge für Statuen im Mutterland angenommen hat. Insbesondere in Olympia fanden sich Hinweise in Form von (häufig auch datierten) Inschriften, die zu im Heiligtum aufgestellten Siegerstatuen gehörten; dadurch und durch literarische Quellen ist die Aktivität des Bronzegießers Pythagoras während der gesamten ersten Hälfte des 5. Jahrhunderts recht gut dokumentiert. Seit Lessing (1766) interpretiert man die Figur des am Bein Verletzten und so eindrucksvoll Hinkenden fast einhellig als Philoktet. Wenn das wirklich zutrifft, wüßten wir immerhin von einem prominenten Standbild des trojanischen Helden aus der Zeit des Strengen Stils, also noch vor 450 v. Chr. Die Überlieferung ist an dieser Stelle der Erwähnung wert, weil es neben den beiden zuletzt besprochenen Bildern *(Abb. 9, 10)* einige weitere, aber nur auffallend wenige Darstellungen des stehenden Philoktet gibt. Unter diesen schließt sich eine kleine Gruppe von Gemmen (LIMC Nr. 38-40, 42, 43, 45, 46) relativ eng zusammen: Philoktet, stets im Profil, ist hier durchgängig in einem ungelenken Ausfallschritt nach vorn gezeigt, die Waffen auf der einen Seite tragend, mit dem Arm der anderen sich auf einen Stock stützend. Da ansonsten ein stehender Philoktet im Bild als Einzelfigur nicht vorliegt, die Gemmen außerdem sowohl an das Motiv des Hinkens als auch an strenge Stilzüge noch erinnern, könnten hier Reflexe der Statue des Pythagoras vorliegen.

Eine Variation des Typus besteht in der klassizistischen Beruhigung des Schrittmotivs (LIMC Nr. 48, 50), zu dieser Tradition möchte man dann das pompejanische Wandbild *(Abb. 10)* rechnen, während die Kölner Statuette *(Abb. 9)* zwar den kantigen Gestaltrhythmus bewahrt, jedoch in der Armhaltung eigene Wege geht.

Ein kurzer Blick auf die Rezeption des Themas in der Bildenden Kunst der Neuzeit: Das 18. Jahrhundert brachte erstmals in größerem Umfang Sophokles-Übersetzungen hervor, bis 1793 waren solche immerhin in Deutsch, Französisch, Englisch, Italienisch, Spanisch und Dänisch erschienen (Mandel S. 129). Damit war ein Grundstein für das Interesse am Stoff und seiner Weiterverarbeitung in anderen Medien gelegt. Gleichwohl avancierte der Gegenstand Philoktet zum Beispiel nicht zum politisch aufgeladenen Thema für die Künstler des revolutionären Frankreich. Allerdings war der Mythos dadurch, daß er zuvor kaum Popularität genoß, gerade dazu angetan, Gegenstand akademischer Malerei und Skulptur zu werden. Kaum ein anderes Sujet bildete so häufig die Jahresaufgabe (oder war Thema prämierter Arbeiten) des angesehenen *Grand Prix de Rome*, deren Preisträger begehrte Stipendien an den Pariser Kunstakademien erhielten: 1797, 1806, 1813, 1816, 1844, 1848, 1852, 1873.

Ein typisches Beispiel aus diesem Zusammenhang, von der Hand eines bedeutenderen Künstlers, ist die Gipsstatue von Jean-Baptiste Carpeaux (1827-1875) aus dem Jahr 1852 *(Abb. 11)*. Philoktet erhebt sich gerade von einem Felssitz und steht noch unsicher auf einem Bein, das verletzte rechte ist angehoben, der Oberkörper von der Taille an heftig nach vorn geknickt und leicht nach links gedreht. Abrupter in dieselbe Richtung wendet sich der zugleich nach oben blickende behelmte Kopf. Über den linken Unterarm ist ein Mantel geworfen, die Hand greift einen Krummstab, der rechte Arm führt fast senkrecht nach unten zu dem verbundenen Fuß. Am Boden liegt der mit Pfeilen gefüllte Köcher. Die Figur im ganzen erinnert entfernt an einige der zuletzt betrachteten antiken Fassungen auf Gemmen, hat mit ihnen aber im Wesen nichts gemein. Der schönlinige und kraftvoll-muskulöse Körperbau und das beinahe beiläufige Reagieren auf die Fußverletzung, als handele es sich nicht um die Ursache langjähriger Qual, sondern momentanes ungeschicktes Auftreten, wirken der thematischen Vorgabe letztlich nicht angemessen.

Carpeaux war geradezu besessen von dem Gedanken akademischer Anerkennung im Zweiten Kaiserreich, an dessen Hof und Gesellschaft er sich eng gebunden wußte. 1845 erhielt er eine erste lobende Erwähnung beim *Grand Prix de Rome*, 1846 wurde er wegen Betrugs vom Wettbewerb ausgeschlossen, 1852 hatte er (unter falschem Namen) die erste eigene Salon-Ausstellung und 1854 gewann er mit der Skulptur ›Hector et son fils Astyanax‹ im insgesamt siebten Anlauf den Ersten Preis des *Grand Prix* (Wagner). Der ›Philoctète‹ erzielte immerhin einen Zweiten Preis.

Carpeaux' Beziehung zum Hof zeigt sich deutlich in einer Begebenheit aus dem Jahr 1873: die Kaiserin ließ ihn an das

Sterbebett Napoleons III. rufen, damit dessen Gesichtszüge noch einmal porträtiert würden. Die Integration Carpeaux' in das historistische Zeitempfinden zeigt auch seine Kunst, sie ist retrospektiv und greift allenthalben auf antike Vorbilder zurück. In dem immensen Oeuvre von Skulpturen, Gemälden und Zeichnungen fällt insbesondere ein Interesse an der Plastik hellenistischer Zeit auf. Es überrascht nicht, daß vor allem letztere »den stärksten Nachklang aus dem Bereich antiker Bildhauerei gefunden hat, da ihr resümierender Charakter seinen eigenen Intentionen einer kompendienhaften Sicht historischer Kunstformen entsprach« (Kocks S. 24f.). Im Museum von Valenciennes befindet sich auch eine nur 38 cm hohe Gipsfigur eines Philoktet, die Carpeaux offensichtlich als Vorstudie zu der größeren angefertigt hat. Sie führt schon dieselbe Komposition vor, erreicht aber durch eine skizzenhafte und expressiv bewegte Oberflächenmodellierung einen ungleich dramatischeren Ausdruck im ganzen. Das größerformatige und endgültige Werk *(Abb. 11)* steht bereits mit dem klassizistisch-idealen Körper in antiker Tradition (wenngleich gerade nicht in der der Philoktet-Ikonographie). Die Wiederaufnahme der Antike geht aber weiter (nicht bei Kocks): Denn die merkwürdige Haltung und auch die Körperwiedergabe erklären sich durch eine seitenverkehrte Übernahme des jüngsten Sohnes des Laokoon aus der berühmten späthellenistischen Gruppe im Vatikan. Dabei handelt es sich wegen der Maßgleichheit der Torsen um eine überarbeitete Teilkopie im Format eins zu eins. Die Bewegungsrichtung der Arme stimmt trotz einiger Variationen überein, das hochgezogene Bein hängt bei Carpeaux etwas weiter herab. Die Schulter und der Hals wurden mit übernommen (daraus ergibt sich auch die auffällige Kopfhaltung des Philoktet). Der Kopf selbst ist – erneut seitenverkehrt – nach dem Menelaos der gleichfalls hellenistischen ›Pasquino-Gruppe‹ modelliert, auch hier wohl durch einen Abguß vermittelt. Aus diesen Beziehungen (und nur aus ihnen) werden erst die deutliche Unterlebensgröße, das überraschende Motiv, der geschönte Körperbau und der Aspekt des heroischen Kriegers (Helm) der Statue des ›Philoktet‹ von Jean-Baptiste Carpeaux verständlich.

Eine ganz andere Lösung hat Adolf von Hildebrand (1847-1921) gefunden *(Abb. 12)*. Hildebrand, gebürtig in Marburg, in Nürnberg auf der Kunstgewerbeschule, setzte seine Wanderjahre über München und ausgedehnte Italienaufenthalte (vor allem in Florenz) fort, bevor er 1890 seinen dauernden Wohnsitz in München nahm. Er war Teilnehmer der Wiener Weltausstellung 1873, ist vor allem durch architektonische Arbeiten wie die Fassade der Zoologischen Station in Neapel bekannt geworden und galt in der Münchener Zeit der 90er Jahre als »Autorität in Fragen der Platz- und Denkmalsgestaltung« (Esche-Braunfels S. 14). Hier trat er auch durch seine weithin geschätzte Tätigkeit als Porträtist und Bildhauer von Grabmälern in Erscheinung.

Den ›Philoktet‹ arbeitet er noch in Florenz, in einem Brief heißt es: »Ich mache immer drauflos Figuren und jetzt sogar was Dramatisches – einen Philoktet ..«. Es ist eine lebensgroße Sitzfigur entstanden, nackt und mit pathetischem Blick zum Betrachter hin. Sie kauert auf einem leicht schräg abgeflachten Felsstück, an dessen Vorderseite die identifizierenden Attribute liegen. Die Ursache des Schmerzes ist angezeigt: die linke Hand faßt an den Fuß des hochgestellten Beins. Hildebrand hat sich auch kunsttheoretisch geäußert. Und man hat mit gutem Grund vermutet, daß die Gespräche mit dem befreundeten Kunstphilosophen, Sammler und Mäzen Conrad Fiedler, der sich seinerseits schriftlich mit Lessings ›Laokoon‹ kritisch auseinandergesetzt und dabei gerade die Autonomie der bildenden Kunst gegenüber der

Dichtung betont hat, den Anlaß für den ›Philoktet‹ gaben (Esche-Braunfels). Eine erhaltene Entwurfsskizze gibt Aufschluß über die Arbeitsweise Hildebrands. Hier war die Armhaltung noch vertauscht, und abweichend von der ausgeführten Skulptur der Kopf noch abgewandt und verschattet, wodurch das Pathos des Gesichts nicht deutlich zum Ausdruck kommen konnte. Daran aber hat Hildebrand gefeilt, galt sein Interesse doch vorrangig der Darstellung menschlicher Urzustände und Emotionen. Deshalb fertigte er wiederholt auch mythologische Figuren.

Hildebrands Buch ›Problem der Form‹ wurde von dem späteren Münchener Ordinarius für Kunstgeschichte und Freund Hildebrands Heinrich Wölfflin geradezu hymnisch aufgenommen. Im Vorwort seiner ›Klassischen Kunst‹ schreibt er 1898, es sei »wie ein erfrischender Regen auf dürres Erdreich gefallen. Endlich einmal neue Handhaben, der Kunst beizukommen ...«. Und so greift Hildebrand natürlich nicht nur auf antikes Themenreservoir, sondern auch in seinen Augen gelungene Formgebungen zurück. In einem undatierten Brief an Wölfflin (ca. 1891) notiert er zur Florentiner Renaissance als Vermittlerin antikischer Form: »Nicht das, was sie von der Antike unterscheidet, sondern vielmehr das, worin sie die Antike uns als directe Arbeitsspur verdeutlicht, erscheint mir das Werthvolle und Lehrreiche.« Infolgedessen geht es ihm nicht um das Kopieren, Montieren oder die Übernahme antiker Versatzstücke. Im Gesamthabitus mußte der gelungenen Aussage halber eine adäquate Vorbildhaftigkeit gefunden sein. Analog gilt das auch für den ›Philoktet‹. Im ganzen und in vielen Details (wie der knappen und festen Haarkappe über dem ausdrucksvollen Gesicht, dem Körperbau, dem Haltungsmotiv) wirkt er ungemein hochklassisch und erinnert stark an die Jünglinge auf den Südmetopen des Parthenon auf der Athener Akropolis. Wollte man unter ihnen aber ein konkretes Vorbild finden, dessen Kopf, Rumpf oder Aufbau hier kopiert oder variiert wäre, ginge man fehl.

Etwas vereinfacht läßt sich sagen, daß gerade große Themen der griechischen Heldensage (Herakles, Theseus, Argonauten, Achill, Medea, Antigone, Orestie etc.), die zumeist im 18. und 19. Jahrhundert äußerst beliebt gewesen sind und die sich in der Literatur des 20. Jahrhunderts häufig lebhafter Konjunktur erfreuen, in der Bilderwelt der modernen Kunst nur noch selten Platz finden. Eine Ursache des Phänomens ist gewiß, daß die formalen Akzente und Entwicklungen zwischen den Künsten stark divergente Wege eingeschlagen haben. Während die bildende Kunst meist simplifizierte ikonographische Grundtypen anwendet, geht es den literarischen Gattungen gerade um zunehmend sublimere und psychologisch differenzierte Zeichnung von Charakteren und Handlungsmotiven (Reinhardt S. 225 f.).

So steht es auch mit dem Philoktet-Thema. Die Tragödie des Frühexpressionisten Rudolf Pannwitz, der die Krise der europäischen Kultur im ganzen im Mythos seines ›Philoktet‹ (1906) gespiegelt wissen möchte (Lefèvre), gibt nur den Auftakt zu einer Fülle ganz unterschiedlicher literarischer Bearbeitungen unseres Jahrhunderts (bis zu Heiner Müller, Yannis Ritsos und Walter Jens), der adäquate Bilder indes nicht mehr folgen konnten. So bleibt die Skulptur Adolf von Hildebrands nicht zufällig der bis heute jüngste Beleg aus den Gattungen der bildenden Kunst.

Was in Erinnerung der Eingangsfragen bleibt, ist die an sich nicht überraschende Erkenntnis, daß die Welt mythischer Bilder auch eine (von Sprache und Text gelöste) eigene Vielfalt an Dimensionen ihrer Zeichenhaftigkeit und offenen Veränderungsmöglichkeiten bereits vorgefundener Interpretationen des Mythos aufweist. Das gilt übrigens im Prinzip für Antike und Neuzeit gleichermaßen.

Der eigenständigen Umsetzung des Mythos in der Bildgattung wird die Diskussion in der Forschung verschiedentlich nicht gerecht. Zum einen reduziert sie die archäologischen Zeugnisse häufig auf ihre vermeintliche direkte oder vermittelte Abhängigkeit von berühmten, nur in den Schriftquellen überlieferten Philoktetbildern (Statue des Pythagoras, Gemälde von Polygnot, Parrhasios etc.), zum anderen werden dieselben Bilder gern verstanden als Ableitungen und Modifikationen der bekannten literarischen Fassungen desselben Mythos (als erhielte durch die Tragödienaufführung etwa eine bestimmte Mythenvariante einen exklusiven und allein gültigen Charakter). Beide Wege sind oft eingeschlagen, beide verkennen aber ein wenig die Eigenheiten und Gesetzmäßigkeiten der Bildgattungen und führen außerdem angesichts der Überlieferungslage selten zu gesicherten Ergebnissen.

In der Tat fällt jedoch der Versuch einer Synopse der Philoktet-Bilder schwer, insbesondere weil die frühen Zeugnisse des 5. Jahrhunderts in enger Folge den Mythos immer weiter ausbreiten, so daß sich echte Entwicklungsstadien kaum differenzieren lassen. Man könnte aber fragen: Warum hat das 5. Jahrhundert die Philoktetfigur entdeckt? Sicherlich weil sie in besonderer Weise einen mythischen Anknüpfungspunkt für lebensweltliche Erfahrungsbereiche bot, die sich entweder neu stellten oder in der Archaik zumindest nicht in Bild und Text reflektiert wurden.

Am Anfang des Erhaltenen steht Pindars erste pythische Ode (470 v. Chr.), in der der Dichter den sizilischen Herrscher Hieron durch den mythischen Vergleich verklärt. Das *tertium comparationis* ist ambivalent: Es spielt hinein das Motiv der Kunst des Schmeichelns und Überredens, die den Kranken erst zur Beteiligung an der Schlacht bewegt. Vielleicht zeigt hier schon die gewiß frühere Aischylos-Tragödie Wirkung, wo Odysseus gerade unter diesem Gesichtspunkt im Vordergrund stand. Aber man muß bedenken, daß sich Pindar vorrangig an den aktuell kranken Hieron richtet, dessen Gallensteinleiden im Moment, da er seine Schlachten allerdings schon geschlagen hat, akut ist (und an dem er schließlich 467 auch gestorben ist). Auch der Vergleich hinkt also. Das gilt ebenso für die zweite, allgemeinere Vergleichsebene des heroischen und siegreichen Kampfes eines durch Krankheit beeinträchtigten Kriegers. Denn Philoktet jedenfalls war vor seinem Einsatz in Troja von Machaon hinreichend versorgt, wenn nicht geheilt worden. Allerdings zeigt dies zweite Motiv sehr deutlich, in welcher Tradition die pindarische Interpretation des Mythos steht: es geht noch ganz im Sinne archaischen Adelsethos um kompetitive Bewährung und *areté* des Einzelnen.

Eine verwandte Sicht mag in frühen Bildern, die den heroischen Aspekt des kriegerischen Philoktet betonen, entweder im Blick auf Künftiges *(Abb. 1)* oder in der aktuellen Bedrohung *(Abb. 3)*, noch zum Ausdruck kommen. Dann dringt aber auch die Sorge der Freunde um den Verletzten ins Bild *(Abb. 4)* sowie die Betonung des tragischen Einzelschicksals *(Abb. 4, Abb. auf dem Umschlag)*. Ebenso begegnet das Interesse am Waffendiebstahl *(Abb. 5)*, die Austragung eines Konflikts um die mit den verschiedenen Verhaltensoptionen des Philoktet verbundenen Wertmaßstäbe wird erst in den Tragödien des Euripides und vor allem Sophokles zum Thema. Schon im frühen 4. Jahrhundert knüpfen sich an den nun entwickelten Mythos erste Sepulkralvorstellungen *(Abb. 6)*.

Es ist darüber hinaus einer Überlegung wert, ob der – zumindest bei Sophokles – entrechtete, gar nicht bürgerliche, im Grenzbereich von humanem und wildem, tierischem Dasein angesiedelte Held im Bild auch mit ikonographischen Merkmalen versehen wird, die ihn als Randfigur der politischen Welt kennzeichnen. Auffällig ist allerdings, daß die antiken Philoktetdarstellungen den Außenseiter nur zurückhaltend als solchen ikonographisch charakterisieren. Er ist in der Regel eher jugendlich und unbärtig, wenn der Beginn seines Daseins auf der Insel, etwa kurz nach dem Schlangenbiß, gezeigt wird *(Abb. 3, 4)*. Am Ende des Aufenthalts, beim oder kurz vor dem Waffendiebstahl, wenn Schmerz, Einsamkeit und karges Leben Bildthema sind, hat sich das Äußere gewandelt *(Abb. 5-7, Umschlag)*: Man sieht ihn jetzt bärtig und langhaarig, in nurmehr kurzem Gewand der Landleute oder ganz nackt. Aber die Kennzeichnung der Behaarung geht meist nicht über das hinaus, was man auch sonst bei der physiognomischen Darstellung alter Männer erwarten wird. Auf hellenistischen Bildern (oder solchen, die ihre Vorbilder in dieser Zeit haben) ändert sich das gelegentlich: Das wilde zerzauste Haar der Kölner Statuette *(Abb. 9)* und die kahle hohe Stirn entsprechen nicht mehr dem klassischen Bürgerideal und sind eher Signet von Sonderlingen und gesellschaftlichen Außenseitern. Nicht viel anders steht es mit dem pompejanischen Wandbild *(Abb. 10)*. Und die Figur des Hoby-Bechers *(Abb. 8)* schaut mit ihrem fransig-zottigen Haar, das das Gesichtsoval ringförmig umschließt, wie mythische Gestalten aus fremden Landen, zum Beispiel Marsyas, oder auch Barbaren selbst.

AUSGEWÄHLTE LITERATUR

ZUM ›PHILOKTET‹ DES SOPHOKLES

Zum Drama des Sophokles:

P. Biggs, The Disease Theme in Sophocles' Philoctetes and Trachiniae, Class. Phil. 61 (1955) 223-235.

R. von Scheliha, Der Philoktet des Sophokles. Gedanken über Homers Dichter und Gestalten, Basel 1943 (Nachdruck Amsterdam 1970).

K. Alt, Schicksal und φύσις im Philoktet des Sophokles, in: Hermes 89 (1961) 141-179 (Nachdruck in: H. Diller [Hg.], Sophokles, Darmstadt 1967, 412-459).

H. C. Avery, Heracles, Philoctetes, Neoptolemus, in: Hermes 93 (1965) 279-297.

H. Erbse, Neoptolemos und Philoktet bei Sophokles, Hermes 94 (1966) 177-201.

E. Schlesinger, Die Intrige im Aufbau von Sophokles' Philoktet, in: Rhein. Mus. 111 (1968) 97-156.

O. Taplin, Significant Actions in Sophocles' Philoctetes, in: Greek, Rom., Byz. Stud. 12, 1971, 25-44.

J. Dalfen, Philoktet und Oedipus auf Kolonos, in: E. Horn/E. Keßler (Hg.), Studia Humanitatis. Festschr. E. Grassi, München 1973, 43-62.

P. Vidal-Naquet, Le Philoctète de Sophocle et l'éphébie, in: J.-P. Vernant/P. Vidal-Naquet (Hg.), Mythe et tragédie en Grèce ancienne, Paris I 1986, 159-184.

J. U. Schmidt, Sophokles, Philoktet. Eine Strukturanalyse, Heidelberg 1973.

W. M. Calder III., Die Technik der Sophokleischen Komposition im Philoktet, in: E. Chr. Welskopf (Hg.), Hellenische Poleis III, Berlin 1974, 1382-1388.

J. Kott, Gott-Essen, München 1975. Kap. 4: Philoktet und die Weigerung (143-166).

P. E. Easterling, Philoctetes and Modern Criticism, in: Illinois Class. Stud. 3 (1978) 27-39.

K. Matthiessen, Philoktet oder die Resozialisierung, Würzbuger Jahrb. NF. 7 (1981) 11-26.

D. Leder, Illness and exile: Sophokles' Philoctete, in: Literature and Medicine 9 (1990) 1-11.

S.F. Parham, Philoctetes' wound, in: Literature and Medicine 9 (1990) 12-20.

M. Whitby, Telemachus Transformed? The Origins of Neoptolemus in Sophokles' Philoctetes, in: Greece and Rome 43 (1996) 31-40.

T. Visser, Untersuchungen zum sophekleischen Philoktet, Leipzig/Stuttgart 1998.

Nicht genannt sind hier die Monographien über Sophokles im ganzen, die meist ein Kapitel über den ›Philoktet‹ enthalten, sowie die griechischen Textausgaben und die philologischen Kommentare.

Zu den epischen Quellen, den anderen antiken Philoktet-Tragödien und Darstellungen:

A. Schnebele, Die epischen Quellen des Sophokleischen Philoktet, Diss. Tübingen 1988.

W.M. Calder III., Aeschylus' Philoctetes, in: Greek, Roman, Byz. Stud. 11 (1970) 171-179.

W.M. Calder III., A Reconstruction of Euripides, Philoctetes, in: Greek Numismatics and Archaeology, Festschr. M. Thomson 1979, 53-62.

G. Avezzù, Il ferimento e il rito. La storia di Filottete sulla scena attica, Bari 1988.

C.W. Müller, Philoktet. Beiträge zur Wiedergewinnung einer Tragödie des Euripides aus der Geschichte ihrer Rezeption, Stuttgart/Leipzig 1997 (enthält acht frühere Arbeiten des Verf. zur Thematik in überarbeiteter Form und drei neue Kapitel).

C.W. Müller, Euripides, Philoktet. Testimonien und Fragmente herausg., übersetzt und kommentiert (erscheint 2000).

Zur Philoktet-Rezeption in der Neuzeit:

O. Mandel, Philoctetes and the Fall of Troy, London 1981.

M. Kraus, Heiner Müller und die griechische Tragödie, in: Poetica 17 (1985) 299-339.

E. Lefèvre, Sophokles' und Bernt von Heiselers Philoktet, in: Orchestra (Festschr. H. Flashar), Stuttgart/Leipzig 1994, 211-223.

E. Lefèvre, Sophokles' und Karl von Levetzows Philoktet, in: ΛΗΝΑΙΚΑ (Festschr. C.W. Müller), Stuttgart/Leipzig 1996, 385-410.

E. Lefèvre, Sophokles' und Rudolf Pannwitz' Philoktetes, in: Antike und Abendland 43 (1997) 33-45.

REZEPTION IN DER BILDENDEN KUNST DER MODERNE (SAMMELWERKE):

J. Davidson Reid, The Oxford Guide to Classical Mythology in the Arts 1300-1990s, Bd. 2, (New York/Oxford usw., 1993), 892-895 s.v. Philoctetes.

REZEPTION IN DER BILDENDEN KUNST DER MODERNE (EINZELUNTERSUCHUNGEN)

D. Kocks, Jean-Baptiste Carpeaux. Rezeption und Originalität, Sankt Augustin 1981.

O. Mandel, Philoctetes and the Fall of Troy, London 1981, 134 bis 159.

A. M. Wagner, Jean-Baptiste Carpeaux. Sculptor of the Second Empire, New Haven/London 1986, 82 f., 107.

S. Esche-Braunfels, Adolf von Hildebrand (1847-1921), Berlin 1993, S. 74 ff.

U. Reinhardt, Griechische Mythen in der Bildenden Kunst des 20. Jahrhunderts: Materialien – Typologie – Dokumentation, in: F. Cappelletti – G. Huber-Rebenich (Hrsgg.), Der antike Mythos und Europa. Texte und Bilder von der Antike bis ins 20. Jahrhundert, Berlin 1997, 190-228.

ZU DEN ANTIKEN BILDZEUGNISSEN (SAMMELWERKE)

W. H. Roscher, Ausführliches Lexikon der griechischen und römischen Mythologie, Leipzig 1902-1909 Bd. III Sp. 2311-2343 s.v. Philoktetes.

Lexicon Iconographicum Mythologiae Classicae (LIMC), Bd. VII 1, Zürich/München 1994, 376-385, s.v. Philoktetes (M. Pipili); Bd. VII 2, Taf. 321-326. Vgl. auch die Artikel Chryse I, Herakles, Odysseus/Uthuze.

ZU DEN ANTIKEN BILDZEUGNISSEN (EINZELUNTERSUCHUNGEN)

L. A. Milani, Il mito di Filottete nella letteratura classica e nell'arte figurata (= Pubblicazioni del R. Istituto di Studi Superiori Pratici e di Perfezionamento, Bd. 15) Firenze 1879.

ders., Nuovi monumenti di Filottete e considerazioni generali in proposito, in: Annali dell'Istituto di Corrispondenza Archeologica 53 (1881) 249-289. [= Milani 1881]

C. Robert, Archäologische Hermeneutik, Berlin 1919, S. 129f.

B. Pace, Filottete a Lemno. Pittura vascolare con riflessi dell'arte di Parrasio, in: Ausonia 10 (1921) 150-159.

ders., Vasi figurati con riflessi della pittura di Parrasio, in: Monumenti Antichi 28 (1922) Sp. 521-598, v.a. 542ff.

C. Robert, Die griechische Heldensage III 2, Berlin 1926, 1207 bis 1218.

L. Séchan, Études sur la tragédie grecque dans ses rapports avec la céramique, Paris 1926, 485-493.

H. Froning, Dithyrambos und Vasenmalerei in Athen, Würzburg 1971, 54ff.

H. Lohmann, Grabmäler auf unteritalischen Vasen, Archäologische Forschungen Bd. 7, Berlin 1979.

K. Schefold, Die Urkönige Perseus, Bellerophon und Herakles in der Kunst des Altertums, München 1986, 190ff.

M.-F. Boussac, Sceaux déliens, in: Revue Archéologique (1988) 307ff., 329.

R. Thomas, Die sog. Statuette des Philoktet aus Köln, in: K. Gschwantler – A. Bernhard-Walcher (Hrsgg.), Griechische und römische Statuetten und Großbronzen. Akten der 9. Internationalen Tagung über antike Bronzen, Wien April 1986 (Wien 1988) 302 bis 307.

R. Vollkommer, Heracles in the Art of Classical Greece, Oxford 1988.

K. Schefold – F. Jung, Die Sagen von den Argonauten, von Theben und Troia in der klassischen und hellenistischen Kunst, München 1989, 268-272.

G. Siebert, Imaginaire et images de la grotte dans la Grèce archaïque et classique, in: Ktema 15 (1991) 151-161.

R. Thomas, Griechische Bronzestatuetten, Darmstadt 1992, S. 114-117.

L. Giuliani, Tragik, Trauer und Trost. Bildervasen für eine apulische Totenfeier, Berlin 1995.

S. Ritter, Die antiken Bronzen im Römisch-Germanischen Museum Köln, in: Kölner Jahrbuch 27 (1994) 379f. Nr. 45, und Kölner Jahrbuch 28 (1995) S. 615.

E. Simon, Philoktetes – ein kranker Heros, in: H. Cancik – H. Lichtenberger – P. Schäfer (Hrsgg.), Geschichte – Tradition – Reflexion. Festschrift für Martin Hengel, Tübingen 1996, Bd. II 15-39. [= Simon 1996a]

E. Simon, Ein Wandbild in Ephesos, in: Fremde Zeiten. Festschrift für Jürgen Borchhardt, Wien 1996, Bd. I 363-370. [= Simon 1996b]

W. Oenbrink, Das Bild im Bilde. Zur Darstellung von Götterstatuen und Kultbildern auf griechischen Vasen, Frankfurt/Berlin/Bern/New York/Paris/Wien 1997, 143-147, 270-273, 388f.

N. Salomon, Le cleruchie di Atene. Caratteri e funzione (Pisa 1997) 31-188.

N. Salomon, Le cleruchie di Atene. Caratteri e funzione (Pisa 1997) 31-188.

C. Robert, Die griechische Heldensage III 2, Berlin 1926, 1499-1507.

H. H. Schmitt, Philoktet in Unteritalien, in: Bonner Festgabe für Johannes Straub, Bonn 1977, 55-66.

S. J. Harrison, Sophocles and the Cult of Philoctetes, Journal of Hellenic Studies 109 (1989) 173-175.

J. de la Genière (Hrsg.), Épéios et Philoctète en Italie. Actes du Colloque International du Centre de Recherches Archéologiques de l'Université de Lille III, Nov. 1987. Cahiers du Centre Jean Bérard, XVI (Neapel 1991).

I. Malkin, The Middle Ground: Philoktetes in Italy, Kernos 11 (1998) 131-141 [grundsätzliche Überlegungen zur Funktion Philoktets »as a hero of acculturation«, verknüpft allerdings mit durch die Quellenlage kaum beweisbarer Frühdatierung der unteritalischen Philoktet-Verehrung ins 6. Jh.].

R. Wünsche (u. a.), Der Torso. Ruhm und Rätsel. Katalog zur Ausstellung München 1998, 70-73.

Zu dieser Ausgabe

Auch die Übersetzung zum ›Philoktet‹, die Wolfgang Schadewaldt gegen Ende seines Lebens (also ca. 1973) erarbeitet hat, wird hier zum ersten Mal veröffentlicht. Sie ist – wie alle anderen Übersetzungen griechischer Dramen von Schadewaldt – für die Bühne geschrieben und gewinnt die ihr eigentümliche Plastizität erst durch die Aufführung oder durch lautes Lesen. Gleichwohl ist diese Übersetzung bisher offenbar nie aufgeführt worden.

Zu den Vorstufen und zur Wirkungsgeschichte haben sich auch hier im Nachlaß Schadewaldts keine Vorarbeiten gefunden, so daß alles neu gestaltet werden mußte.

Für wertvolle Mitarbeit danke ich auch diesmal meinen bewährten Helfern Peter von Möllendorff, Bernhard Huß und Sabine Vogt. Den im Falle des Philoktet besonders komplizierten archäologischen Anteil hat wieder Martin Flashar erarbeitet. Dorothea Gisdakis hat wiederum die Druckvorlage erstellt. Allen Mitarbeitern bin ich sehr dankbar.

Hellmut Flashar

Philosophie
im insel taschenbuch

Alain: Im Haus des Menschen. Betrachtungen. Übersetzt und mit einem Nachwort herausgegeben von Franz Joseph Krebs. it 1922

– Sich beobachten heißt sich verändern. Betrachtungen. Auswahl, Übersetzung und Nachwort von Franz Josef Krebs. Neuübersetzung. it 1559

Augustinus: Bekenntnisse. Lateinisch und deutsch. Eingeleitet, übersetzt und erläutert von Joseph Bernhart. Mit einem Vorwort von Ernst Ludwig Grasmück. it 1002

Francis Bacon: Essays. Herausgegeben und mit einem Nachwort versehen von Helmut Winter. it 1514

Jakob Böhme: Aurora oder Morgenröte im Aufgang. Herausgegeben von Gerhard Wehr. it 1411

– Christosophia. Ein christlicher Einweihungsweg. Herausgegeben von Gerhard Wehr. it 1412

– Theosophische Sendbriefe. Herausgegeben von Gerhard Wehr. it 1786

– Von der Gnadenwahl. Herausgegeben von Gerhard Wehr. it 1738

– Von der Menschwerdung Christi. Herausgegeben von Gerhard Wehr. it 1737

Boethius: Trost der Philosophie. Zweisprachige Ausgabe. Lateinisch und deutsch. Mit einem Nachwort von Ernst Ludwig Grasmück. it 1215

Paul Davies: Der Plan Gottes. Die Rätsel unserer Existenz und die Wissenschaft. Aus dem Englischen von Anita Ehlers. it 1934

Denken mit Diderot und anderen Philosophen. Herausgegeben von Horst Günther. it 1746

Epiktet: Wege zum glücklichen Handeln. Aus dem Lateinischen von Wilhelm Capelle. it 1458

– Wege zum glücklichen Handeln. Aus dem Lateinischen von Wilhelm Capelle. Mit einem Nachwort von Manfred Fuhrmann. Großdruck. it 2359

Epikur: Philosophie der Freude. Briefe, Hauptlehrsätze, Spruchsammlung, Fragmente. Übertragen und mit einem Nachwort versehen von Paul M. Laskowsky. it 1057

Die Erfindung des Universums. Neue Überlegungen zur philosophischen Kosmologie. Herausgegeben von Walter Saltzer, Peter Eisenhardt, Dan Kurth und Rainer E. Zimmermann. Mit etwa 50 Abbildungen. it 1933

Hippokrates: Der Eid des Arztes. Vom Gelöbnis, Leben zu erhalten. Griechisch und deutsch. Neu übersetzt und herausgegeben von Kurt Steinmann. it 1882

167/1/12.96

Philosophie
im insel taschenbuch

Bernulf Kanitscheider: Auf der Suche nach dem Sinn. it 1748

Kant-Brevier. Ein philosophisches Lesebuch für freie Minuten. Herausgegeben von Wilhelm Weischedel. it 61

Sören Kierkegaard: Tagebuch des Verführers. Aus dem Dänischen von Helene Ritzerfeld. it 405

Gottfried Wilhelm Leibniz: Monadologie. Herausgegeben von Dietmar Till. it 1832

Machiavelli für Manager. Sentenzen. Ausgewählt von Luigi und Elena Spagnol. it 1733

Niccolò Machiavelli: Der Fürst. Aus dem Italienischen von Friedrich von Oppeln-Bronikowski. Mit einem Nachwort von Horst Günther. it 1207

Marc Aurel: Selbstbetrachtungen. Aus dem Lateinischen von Otto Kiefer. Mit einem Vorwort von Klaus Sallmann. it 1374

Meister Eckhart: Das Buch der göttlichen Tröstung. Ins Neuhochdeutsche übertragen von Josef Quint. it 1005

Michel de Montaigne: Essais. Herausgegeben und mit einem Nachwort versehen von Ralph-Rainer Wuthenow. Revidierte Fassung der Übertragung von Johann Joachim Bode. it 220

Thomas Morus: Utopia. Mit einem Nachwort von Norbert Elias. it 1206

Franz Moser: Bewußtsein in Raum und Zeit. Grundlagen der holistischen Weltsicht. it 1797

Friedrich Nietzsche: Also sprach Zarathustra. Ein Buch für alle und keinen. Thomas Mann: Die Philosophie Nietzsches im Lichte unserer Erfahrung. it 145

– Der Antichrist. Versuch einer Kritik des Christentums. it 947
– Briefe. Ausgewählt von Richard Oehler. Mit einem Essay von Ralph-Rainer Wuthenow. it 1546
– Ecce homo. Mit einem Vorwort von Raoul Richter und einem Nachwort von Ralph-Rainer Wuthenow. it 290
– Die fröhliche Wissenschaft. Mit einem Nachwort von Ralph-Rainer Wuthenow. it 635
– Die Geburt der Tragödie aus dem Geiste der Musik. Mit einem Nachwort von Peter Sloterdijk. it 1012
– Gedichte. Herausgegeben von Karl Riha. it 1622
– Zur Genealogie der Moral. Eine Streitschrift. it 1308
– Götzen-Dämmerung oder Wie man mit dem Hammer philosophiert. it 822

167/2/12.96

Philosophie
im insel taschenbuch

Friedrich Nietzsche: Jenseits von Gut und Böse. Mit der Streitschrift ›Zur Genealogie der Moral‹ und einem Nachwort von Ralph-Rainer Wuthenow. it 762

– Menschliches, Allzumenschliches. Ein Buch für freie Geister. Mit einem Nachwort von Ralph-Rainer Wuthenow. it 614

– Morgenröte. Gedanken über die moralischen Vorurteile. Mit einem Nachwort von Ralph-Rainer Wuthenow. it 678

– Über die Frauen. Herausgegeben und mit einem Nachwort versehen von Klaus Goch. it 1335

– Unzeitgemäße Betrachtungen. Mit einem Nachwort von Ralph-Rainer Wuthenow. it 509

– Vom Nutzen und Nachteil der Historie für das Leben. it 1236

– ›Wie man wird, was man ist.‹ Ermutigungen zum kritischen Denken. Herausgegeben von Ursula Michels-Wenz. it 1096

Jean Orieux: Das Leben des Voltaire. Aus dem Französischen von Julia Kirchner. Mit einer Zeittafel und einem kommentierten Personenregister. it 1651

Blaise Pascal: Größe und Elend des Menschen. Aus den »Pensées«. Auswahl, Übersetzung und Nachwort von Wilhelm Weischedel. it 441

Platon: Apologie. Protagoras. Sämtliche Werke I. Ion. Protagoras. Apologie. Kriton. Laches. Lysis. Charmides. Griechisch und deutsch. it 1401

– Euthyphron. Gorgias. Sämtliche Werke II. Euthyphron. Alkibiades I. Gorgias. Menexenos. Griechisch und deutsch. it 1402

– Menon. Kratylos. Sämtliche Werke III. Menon. Kratylos. Euthydemos. Hippias maior. Griechisch und deutsch. it 1403

– Symposion. Phaidon. Sämtliche Werke IV. Hippias minor. Symposion. Phaidon. Griechisch und deutsch. it 1404

– Politeia. Sämtliche Werke V. Politeia. Griechisch und deutsch. it 1405

– Theaitetos. Phaidros. Sämtliche Werke VI. Phaidros. Theaitetos. Griechisch und deutsch. it 1406

– Sophistes. Politikos. Sämtliche Werke VII. Parmenides. Sophistes. Politikos. Griechisch und deutsch. it 1407

– Timaios. Kritias. Sämtliche Werke VIII. Philebos. Timaios. Kritias. Griechisch und deutsch. it 1408

– Nomoi. Sämtliche Werke IX. Nomoi. Griechisch und deutsch. it 1409

– Briefe. Sämtliche Werke X. Briefe. Unechtes. Griechisch und deutsch. it 1410

– Das Trinkgelage oder Über den Eros. Übertragung, Nachwort und Erläuterungen von Ute Schmidt-Berger. Mit einer Wirkungsgeschichte von Jochen Schmidt und griechischen Vasenbildern. it 681

167/3/12.96

Philosophie
im insel taschenbuch

Jean-Jacques Rousseau: Bekenntnisse. Aus dem Französischen von Ernst Hardt. Mit einer Einführung von Werner Krauss. it 823

Arthur Schopenhauer: Aphorismen zur Lebensweisheit. Vollständige Ausgabe mit Erläuterungen und Übersetzung der fremdsprachigen Zitate. Mit einem Nachwort von Hermann von Braunbehrens. Mit 16 Daguerreotypien und Fotos und Bilderläuterungen von Arthur Hübscher. it 223

– Die Kunst, Recht zu behalten. Herausgegeben und mit einem Nachwort versehen von Franco Volpi. it 1658

– Die Welt als Wille und Vorstellung. Textkritisch bearbeitet und herausgegeben von Wolfgang Freiherr von Löhneysen. Zwei Bände. it 1873

Arthur Schopenhauer. Leben und Werk in Texten und Bildern. Herausgegeben von Angelika Hübscher. it 1059

Seneca für Manager. Sentenzen. Ausgewählt und übersetzt von Gerhard Schoeck. it 1656

Seneca: Vom glücklichen Leben. Philosophische Schriften und Briefe. Herausgegeben und aus dem Lateinischen übertragen von Heinz Berthold. it 1457

– Von der Seelenruhe. Philosophische Schriften und Briefe. Herausgegeben und aus dem Lateinischen übertragen von Heinz Berthold. it 743

Voltaire: Candide oder der Optimismus. Mit Zeichnungen von Paul Klee. it 11

167/4/12.96

Die Antike
im insel taschenbuch

Apuleius: Der goldene Esel. Mit Illustrationen von Max Klinger zu ›Amor und Psyche‹. Aus dem Lateinischen von August Rode. Mit einem Nachwort von Wilhelm Haupt. it 146

Augustinus: Bekenntnisse. Lateinisch und deutsch. Eingeleitet, übersetzt und erläutert von Joseph Bernhart. Mit einem Vorwort von Ernst Ludwig Grasmück. it 1002

Boethius: Trost der Philosophie. Zweisprachige Ausgabe. Lateinisch und deutsch. Mit einem Nachwort von Ernst Ludwig Grasmück. it 1215

Roberto Calasso: Die Hochzeit von Kadmos und Harmonia. Aus dem Italienischen von Moshe Kahn. it 1476

Catull: Sämtliche Gedichte. Lateinisch und deutsch. Aus dem Lateinischen von Carl Fischer. Mit einem Nachwort von Bernhard Kytzler. it 1736

Epiktet: Wege zum glücklichen Handeln. Aus dem Lateinischen von Wilhelm Capelle. Mit einem Nachwort von Manfred Fuhrmann. it 1458 und Großdruck. it 2359

Epikur: Philosophie der Freude. Briefe, Hauptlehrsätze, Spruchsammlung, Fragmente. Übertragen und mit einem Nachwort versehen von Paul M. Laskowsky. it 1057

Führer durch das klassische Griechenland. Die antiken Texte zur Kunst und zu den Landschaften Griechenlands. Herausgegeben von Hubert Ortkemper. Mit zahlreichen Abbildungen. it 1930

Götter, Spötter und Verrückte. Antike Anekdoten. Herausgegeben von Gerhard Fink. it 1720

Hippokrates: Der Eid des Arztes. Vom Gelöbnis, Leben zu erhalten. Griechisch und deutsch. Neu übersetzt und herausgegeben von Kurt Steinmann. it 1882

Homer: Ilias. Neue Übertragung von Wolfgang Schadewaldt. Mit antiken Vasenbildern. it 153

Ilias. Odyssee. In der Übertragung von Johann Heinrich Voß. it 1204

Horaz: Oden. Lateinisch und deutsch. Neu übertragen von Winfried Tilmann. it 1418

Frauen der Antike. Lexikon antiker Frauen von Aspasia bis Zenobia. it 1898

Bernhard Kytzler / Joachim Latacz / Klaus Sallmann: Lexikon der antiken Autoren. Literarische Porträts von Homer bis Boethius. it 1856

Longus: Daphnis und Chloë. Ein antiker Liebesroman. Aus dem Griechischen übersetzt und mit einem Nachwort von Arno Mauersberger. Mit Illustrationen der »Edition du Régent«. it 136

174/189/12.96

Die Antike
im insel taschenbuch

Marc Aurel: Selbstbetrachtungen. Aus dem Lateinischen von Otto Kiefer. Mit einem Vorwort von Klaus Sallmann. it 1374

Hubert Ortkemper: Olympische Legenden. Geschichten aus dem antiken Olympia. Farbig illustriert von Rolf Köhler. it 1828

Ovid: Liebeskunst. Nach der Übersetzung von W. Hertzberg. Bearbeitet von Franz Burger-München. Mit Abbildungen nach etruskischen Wandmalereien. it 164

– Metamorphosen. In der Übertragung von Johann Heinrich Voß. Mit den Radierungen von Pablo Picasso und einem Nachwort von Bernhard Kytzler. it 1237

Platon: Apologie. Protagoras. Sämtliche Werke I. Ion. Protagoras. Apologie. Kriton. Laches. Lysis. Charmides. Griechisch und deutsch. it 1401

– Euthyphron. Gorgias. Sämtliche Werke II. Euthyphron. Alkibiades I. Gorgias. Menexenos. Griechisch und deutsch. it 1402

– Menon. Kratylos. Sämtliche Werke III. Menon. Kratylos. Euthydemos. Hippias maior. Griechisch und deutsch. it 1403

– Symposion. Phaidon. Sämtliche Werke IV. Hippias minor. Symposion. Phaidon. Griechisch und deutsch. it 1404

– Politeia. Sämtliche Werke V. Politeia. Griechisch und deutsch. it 1405

– Theaitetos. Phaidros. Sämtliche Werke VI. Phaidros. Theaitetos. Griechisch und deutsch. it 1406

– Sophistes. Politikos. Sämtliche Werke VII. Parmenides. Sophistes. Politikos. Griechisch und deutsch. it 1407

– Timaios. Kritias. Sämtliche Werke VIII. Philebos. Timaios. Kritias. Griechisch und deutsch. it 1408

– Nomoi. Sämtliche Werke IX. Nomoi. Griechisch und deutsch. it 1409

– Briefe. Sämtliche Werke X. Briefe. Unechtes. Griechisch und deutsch. it 1410

– Das Trinkgelage oder Über den Eros. Übertragung, Nachwort und Erläuterungen von Ute Schmidt-Berger. Mit einer Wirkungsgeschichte von Jochen Schmidt und griechischen Vasenbildern. it 681

Sappho: Strophen und Verse. Übersetzt und herausgegeben von Joachim Schickel. it 309

Gustav Schwab: Sagen des klassischen Altertums. 3 Bde. Mit sechsundneunzig Zeichnungen von John Flaxman und einem Nachwort von Manfred Lemmer. it 127

Seneca für Manager. Sentenzen. Ausgewählt und übersetzt von Gerhard Schoeck. it 1656

174/190/12.96

Die Antike
im insel taschenbuch

Seneca: Vom glücklichen Leben. Philosophische Schriften und Briefe. Herausgegeben und aus dem Lateinischen übertragen von Heinz Berthold. it 1457

– Von der Seelenruhe. Philosophische Schriften und Briefe. Herausgegeben und aus dem Lateinischen übertragen von Heinz Berthold. it 743

Sophokles: Aias. Übertragen von Wolfgang Schadewaldt. Herausgegeben von Hellmut Flashar. Mit zahlreichen Abbildungen. it 1562

– Antigone. Übertragen und herausgegeben von Wolfgang Schadewaldt. Mit einem Nachwort, einem Aufsatz, Wirkungsgeschichte und Literaturhinweisen. it 70

– Antigone. Übersetzt von Hölderlin. Bearbeitet von Martin Walser und Edgar Selge. it 1248

– Elektra. Übertragen von Wolfgang Schadewaldt. Herausgegeben von Hellmut Flashar. Mit zahlreichen Abbildungen. it 1616

– König Ödipus. Übertragen und herausgegeben von Wolfgang Schadewaldt. Mit einem Nachwort, drei Aufsätzen, Wirkungsgeschichte und Literaturnachweisen. it 15

– Ödipus auf Kolonos. Übertragen von Wolfgang Schadewaldt. Herausgegeben von Hellmut Fischer. Mit zahlreichen Abbildungen. it 1782

Tacitus: Germania. Zweisprachig. Übertragen und erläutert von Arno Mauersberger. it 471

174/191/12.96